Von der Raupe zum Schmetterling

Rebecca Gabrielle

Impressum

Das Buch erschien 2021 mit dem Titel „Von der Raupe zum Schmetterling".

Autor: Rebecca Verbraecken

Verlag & Druck: tredition GmbH, Halenreie 40-44, 22359 Hamburg

ISBN: Paperback: 978-3-347-36089-1

Vorwort

Ein Vogel schaut aus einem Käfig hervor, der keine Türen aufweist und die Gitterstäbe verschwinden. Die Gitter waren nur eine Illusion, und der kleine Vogel ist nun bereit dies anzuerkennen und sich zum Fliegen ermutigen zu lassen. Er breitet seine Flügel aus und ist bereit zum ersten Mal zu fliegen.

Wenn wir merken, dass der Käfig immer offenstand und der Himmel schon immer da war, sind wir erst einmal überfordert und ängstlich und klammern uns an den Gitterstäben fest. Dieser Zustand ist normal, dennoch sollten wir uns nicht von der Angst leiten lassen, sondern die Gelegenheit nutzen, die Leichtigkeit und das Abenteuer zu erfahren.

Es geht darum die Flügel auszubreiten und frei zu sein. Wir sind aus dem Gefängnis, dem Käfig ausgebrochen. Wir haben uns aus dem Kokon der Raupe befreit und wurden zu einem wunderschönen Schmetterling. Der gesamte Himmel steht jedem einzelnen von uns offen. Alle Sterne, der Mond, die Sonne, der gesamte Kosmos gehört jedem einzelnen von uns.

Breite deine Flügel aus und fliege wie ein Schmetterling über die Sonne hinaus. Am inneren Himmel, in der inneren Welt ist Freiheit der höchste Wert. Um diesen Zustand der inneren Ekstase zu finden, ist es erforderlich sich selbst erst einmal in die Dunkelheit des Kokons zu begeben, um alles Erdrückende hinter sich zu lassen. Nur so kann Heilung geschehen und der Schmetterling sich in voller Pracht entfalten. Um uns selbst zu finden, müssen wir uns erst selbst verlieren.

Teil 1

Gefangen in der Dämmerung

1

Er hat seine Sachen gepackt und bringt die Koffer ins Auto. Es ist endgültig. Eric hat sie verlassen, zuerst emotional und dann auch körperlich. Nun zieht er aus dem gemeinsamen Haus nach 35 Ehejahren aus. Johanna versucht krampfhaft die Tränen zurückzuhalten, doch es fällt ihr ersichtlich schwer. Sie schaut ihren Mann nicht an, als er die Haustür hinter sich zuschlägt und sie für immer allein in ihrem Schatten lässt. Ein Schatten, das ist alles was von ihr bleibt. Sie hat alles für ihren Mann getan, sich ihm stets untergeordnet, seine Bedürfnisse erfüllt, nie widersprochen und ihm als brave Ehefrau gedient. Nun ist sie allein. Allein mit sich, in einem Haus wo die Stille zu schreien beginnt.

Johanna war 20 Jahre alt, als sie und Eric geheiratet haben. Sie war sehr jung und Eric war ihr erster Freund und bisher ihr erster und einziger Mann, mit dem sie in einer Beziehung lebte. 35 Jahre haben sie gemeinsam verbracht und nun steht sie allein da und muss ihr Leben neu ordnen. Ihre Kinder Julie und Oliver sind bereits im Erwachsenen Alter und leben in unterschiedlichen Ländern. Julie hat es nach Kanada verschlagen. Sie hat sich dem Projekt Work and Travel angeschlossen und möchte auf diesem Weg die Welt erkunden. Oliver studiert Medizin in Harvard und lässt selten etwas von sich hören.

Johanna bleibt einen Moment auf der Treppe sitzen und hofft, dass sich die Türe wieder öffnet und ihr Mann zurückkehrt. Doch sie bleibt verschlossen. Selbst nach Stunden des Wartens ist es nur die Stille die Johanna begleitet und umgibt. Völlig erstarrt und wie in Trance steht sie auf und sucht sich in der Küche etwas zu trinken. Der Tag hat erst begonnen, doch sie wünscht sich schon die dunkle Nacht herbei, in welcher sie sich verstecken kann. Die sie in Träume verweht, aus denen sie nicht mehr erwacht und sie zu einem besseren Ort bringt.

Niemand hat sich gemeldet, kein Anruf oder Nachricht wie es ihr geht, was sie macht. Johanna hatte keinen engen Kontakt zu anderen Menschen gepflegt, sodass es nicht verwundert, dass sie in diesen schweren Stunden ganz allein auf sich gestellt ist. Vor ihrem inneren Auge sieht sie all die Jahre an sich vorbeiziehen, all die schönen Momente, aber auch die schmerzhaften Erfahrungen beginnen wieder zu leben. Damals hatte sie ihre Familie, ihre Eltern und ihre Kinder, ihren Mann. Doch nun ist niemand hier, der sie tröstet oder in den Arm nimmt.

Als es endlich Nacht wurde legte Johanna sich ins Bett und weinte sich in einen unruhigen Schlaf. So viele Tränen hatte sie in den letzten Jahren nicht vergossen. Nun kommen sie alle heraus und könnten einen See formen, in den sie hineinspringt und sich ertränkt. Auch am nächsten Morgen, als die Sonne zärtlich in das Zimmer scheint und sie sanft weckt, bleibt Johanna liegen und rührt sich nicht vom Fleck. Sie ist wieder aufgewacht und wurde in keine schönen Träume verweht. Selbst dieser Wunsch wurde ihr verwährt. Versunken in Selbstmitleid und Anklagen für ihre widerfahrenen Ungerechtigkeiten, verkriecht sie sich weiter unter ihre Decke.

Johanna dachte in dieser Nacht und am Morgen danach sehr viel nach. Was hat sie übersehen? Gab es bereits seit längerer Zeit Anzeichen, dass Eric sie verlassen wird? Hat sie die Signale nicht gesehen oder nicht wahrhaben wollen? Hat ihr Unterbewusstsein ihr einen Streich gespielt und sie in ihrer Auffassungsgabe beeinträchtigt und hinters Licht geführt? Das ständige Grübeln macht sie mehr fertig, als sie es ohnehin schon ist. Ihr ganzes Leben basierte auf dem Fundament ihrer Ehe, sowohl ihr Liebesleben, als auch ihre finanzielle Sicherheit sowie ihre wundervollen Kinder. Es war ihre Welt und nun muss sie diesen Weg allein gehen und eine neue Welt für sich erschaffen. Doch Johanna will noch nicht daran denken. Es ist noch zu früh, der Schmerz ist noch zu frisch und möchte gespürt werden. Wie ein kleiner Parasit hat er sich in ihr Herz geschlichen, um sich dort ein Zu Hause zu errichten. Sie wurde zum Schmerz, ihre Körperhaltung, ihre Seele und ihr Geist sind mit dem Parasiten verschmolzen und formen nun ihr Dasein. Langsam schleicht sich ein Gefühl von Hunger ein, doch wirklich Lust sich etwas zu essen zu machen hat sie nicht. Im Kühlschrank ist noch eine Tiefgfrorene Lasagne, die darauf wartet von ihr verschlungen zu werden. Frustfressen, ist das nicht der neue Trend, wenn man Liebeskummer hat? Sie dachte immer, dass sie solch einen Schmerz nie erfahren würde. Hat sie doch die jungen Menschen nahezu belächelt, wenn sie sich über ihren verlorenen Schwarm die Augen ausgeweint haben. Alle diese Menschen in den Parks, die heulend in der Wiese saßen, wie erstarrt auf ihr Handy blickten, in der Hoffnung er oder sie könnte sich doch melden. Selbst von ihren Kindern hat sie es erfahren, vorallem Julie hat besonders in ihrer Jugend gelitten, als sie hoffnungslos minütlich auf ihr Handy schielte und sich nach nichts mehr sehnte, dass ihr Schwarm sich bei ihr meldet. Nächtelang hat sie sich in ihr Bett geweint und das Leben selbst angeklagt. Johanna erinnert sich an diese schwierige Zeit. Sie konnte es nie nachfühlen, hielt sie den Zusammenbruch ihrer Tochter für überzogen und machte sich heimlich etwas lustig über ihre albernen Attitüden. Bis zu diesem Zeitpunkt war sie auch selbst nie betroffen. Bis jetzt, wo alles plötzlich im Wandel ist und sich gegen sie verschworen hat. Vielleicht ist es Rache, oder Karma wie sie es alle so schön nennen. Das Blatt hat sich gedreht, ihre Tochter ist nun glücklich in Kanada und genießt ihr Leben, während ihres auseinanderfällt.

In diesem Augenblick kommt ihr der Gedanke, dass es vielleicht an ihrem Körper liegt, dass ihr Mann sie verlassen hat. In den letzten Jahren hat sie immer mal wieder zugenommen und ist inzwischen pummelig geworden. Ihre einst so schönen, festen Brüste hängen herab, ihr Bauch schlägt Falten und ihre Beine haben an Fülle gewonnen. In diesem Moment fasst sie sich ein Herz und beschließt etwas an ihrem Äußeren zu ändern. Mutig und entschlossen greift sie zum Telefonhörer.

„Fitnesscenter Edingburgh Lifestyle" meldete sich eine junge, männliche Stimme, nachdem Johanna ihren Anruf betätigte. „Johanna Michigan hier, ich möchte gerne einen Termin mit ihnen vereinbaren". „Kommen Sie nächsten Donnerstag um 10 Uhr vorbei, dann kann ich mir ein Bild von ihnen machen und gemeinsam einen Trainingsplan erstellen." Johanna willigte nickend ein und legte auf. Was hat sie sich in Gottes Namen nur dabei gedacht. Ein Trainingsplan im Fitnessstudio, sie hat völlig den Verstand verloren. In Sekundenschnelle überfällt sie Zweifel und Befürchtungen, doch sie möchte nicht absagen. Sie muss etwas tun, um ihren Mann zurückzugewinnen. Ihr Körper benötigt eine Veränderung, sodass sie wieder attraktiv für ihn wird. Nachdem sie sich im Spiegel analysiert hat, belädt sie sich mit allen Schuldgefühlen und macht sich für ihr Versagen verantwortlich. Genährt von Selbsthass und Zweifel ist sie nun bereit, sich ihrem eigenen Feind zu stellen. Sie selbst. Bevor sie sich endgültig entschließt um ihren Mann zu kämpfen, möchte sie aus seinem Mund hören, weshalb er sie verlassen hat. Sie will ihre Hypothese bestätigt wissen und Klarheit verschaffen, um ihren nächsten Plan durchzusetzen.

Als sie aus dem verregneten Fenster hinausblickt, denkt sie wie schön es wäre eine Freundin zu haben, mit der man über so etwas sprechen kann. Aber in ihrem Alter haben die meisten Frauen solche Probleme nicht, denkt sie sich. Johanna krempelt ihr Leben neu um, die ersten Entwürfe ihres neuen Aktes stehen festgeschrieben und möchten nun erfahren werden. Der erste Teil kann beginnen, sagt sie sich und greift erneut zum Telefonhörer.

„Eric, bist du das, ich bin es Johanna. Ich nöchte gerne mit dir reden, um dieses Kapitel hinter mir lassen zu können. Würde es bei dir heute Abend oder morgen passen?" „Ich weiß nicht Johanna, ob das so eine gute Idee ist. Ich finde wir sollten Abstand bewahren und jeder sich um sich selbst erst einmal kümmern. Findest du nicht", entgegnet er kühl und kurz. Johanna wurde kleinlaut und gab nach. Nachdem sie den Hörer einhing, fühlte sie sich noch elendiger als zuvor. Sie will es ihm heimzahlen. Wenn sie es ihm noch nicht einmal wert ist, mit ihr darüber zu sprechen und ihr mitteilt, weshalb er die Trennung wünscht, dann ist er ein Gott Verdammter Mistkerl. Ihre Wut hat nun eine neue Dimension erreicht und ermutigt sie, ihren Plan durchzusetzen und ihn zum Reden zu bewegen.

2

Sie geht hinauf ins Schlafzimmer, zieht sich ihre bequeme Kleidung an und verlässt das Haus, um Einkäufe zu erledigen. Darunter eine Flasche Whiskey, Rotwein und jede Menge Chips, sowie eine Liebesromanze die sie sich auf DVD anschauen möchte. Betäuben und in eine andere Welt fliehen stehen erst einmal auf dem Programm, bevor sie sich ihrem Wandel hingibt. Der Supermarkt ist gleich um die Ecke und ist mit allem ausgestattet, was sie für sich heute braucht. Nach einigen seltsamen Blicken, die ihr zugeworfen wurden, reagiert sie mit einem lauten Spruch und ist erschrocken über ihre angriffslustige Haltung anderen Menschen gegenüber. „was gibt es denn so zu glotzen, pöbelt sie die jungen Mädchen an, die sich sichtlich über ihre vier Tüten Chips amüsieren. Diese Seite kannte sie bisher nicht von sich, wer weiß, was noch alles in ihr steckt. Nachdem sie an der Kasse bezahlt hat und erneute Blicke erntete, verschwand sie in Windeseile aus dem Supermarkt und eilte nach Hause. Selbst das Rausgehen unter Menschen fiel ihr schwer und zermürbte sie. Wissen die anderen Menschen von ihren Problemen? Kennen sie den Hintergrund, weshalb Eric sie sitzen liess und ihr nicht einmal eine Erklärung geben will? Ist es ihre pöblige Art, die sie von sich selbst nie wahrgenommen hat? Irgendwie scheint die Welt nicht mehr die Gleiche zu sein. Nicht nur ihre Welt hat sich gewandelt, mit ihr ist auch die äußere Welt verändert. Wie eine Synchronizität, die auf verschiedenen Ebenen verläuft.

Nachdem Johanna ein Drittel der Flasche Rotwein geleert hat und sich in einem Delirium aus blassen Erinnerungen, sowie grüblerischen Gedanken wieder findet tauchen immer wieder Bilder aus ihrer Ehe auf. Situationen, die sie unbewusst verdrängt hat und die sich bisher nicht gewagt haben wieder an die Oberfläche zu gelangen. Sie wird heimgesucht von längst vergessenen Geistern, die erneut in ihr Gesicht lachen und sich nicht mehr so leicht abwimmeln lassen wie zuvor.

Schon in den letzten Jahren haben sie nicht mehr aufrichtig miteinander gesprochen. Wie gut kannte sie Eric wirklich? Was wusste sie über ihn und seine Gefühle, Gedanken. Was wusste sie von seinem Leben und seinen Taten. Hat sich das Ehe Aus schon seit langer Zeit angekündigt und sie einfach die Signale nicht gesehen? Was weiß er über sie? Kennt er ihr Lieblingsgericht, ihren bevorzugten Künstler? In den einsamen Stunden wird ihr bewusst, dass sie sich seit Jahren immer mehr entfremdet haben. Ihre Kinder haben sie zusammengehalten, doch seit sie nicht mehr zu Hause wohnen, gibt es für Eric auch keinen Grund mehr weiterhin das Haus und das Bett zu hüten. Inzwischen liegt sie dort allein. Es ist so riesig und so leer zugleich. Am liebsten würde sie durch die Matratze in eine andere Welt flüchten, in dem sie noch einmal von vorne anfangen kann. Sollte es ihr gelingen, in eine andere Welt einzutauchen und die zarten Düfte der Blumen wieder zu riechen und die Kräuter zu schmecken, die bereits fad geworden sind? Vielleicht würde sie wieder einen Sinn für ihr Dasein erblicken und neue Hoffnung gewinnen, sich mit sich selbst auszusöhnen. Seit einer gefühlten Ewigkeit hat sie ihre Gefühle unterdrückt und nun zeigen sie sich im neuen Gewand. Wie heißt es so schön in der Psychologie und Spiritualität, Gefühle kehren immer wieder zurück, solange sie nicht aufgearbeitet werden. Es scheint der Wahrheit zu entsprechen, denn selbst im Alkohol kann sie keinen Frieden von ihrem unbewussten Leben finden. Überstürzt und bewältigt von der Last ihrer Gefühle lässt sie sich in ihr Bett fallen und wird von einer seltsamen Energie durch ihre Matratze in eine andere Welt entführt. Alles wirkt verschwommen und surreal. Sie fühlt sich wie Alice im Wunderland. Wird sie auch dem verrückten Hutmacher begegnen? Eher ihren inneren Dämonen, die nach ihr schreien und sie in ihre Dunkelheit entführen.

Sie findet sich in einem alten Haus wieder und erkennt ihre eigene Stimme als Kind wieder. Wie ist das nur nöglich? Währenddessen nimmt sie auch ein Stimmengewirr wahr, welches sie nicht zuordnen kann. Irgendjemand streitet sich und es wirkt sehr verloren in diesem riesigen Haus. Es ist kalt und Johanna beginnt zu zittern. Sie öffnet die alte Holztür, die knackt als wäre sie aus einem früheren Jahrhundert und müsste dringend erneuert werden. Eine Wendeltreppe führt direkt hinab zu den Stimmen, die ihr nun immer vertrauter vorkommen. Irgendwo hat sie dieses Gespräch schon einmal gehört. In diesem Moment fällt es ihr ein. Es sind ihre Eltern, die sich in den letzten Jahren vor dem Tod immer fürchterlich gestritten haben. Auch sie hatten sich nichts mehr zu sagen und lebten nebeneinanderher. Ihr Vater war oft unterwegs, genauso wie Eric. Es erscheint als lebe sie das gleiche Drama wie ihre Eltern und übernimmt deren Rolle, Charakter und Leben. Wer ist sie, was möchte sie in ihrem Leben erreichen? Welches Leben möchte sie leben und erfahren? Sanfte Tränen fließen ihre Wangen herab, sowohl bei ihr als Kind als auch Erwachsene. Johanna möchte nicht, dass irgendjemand sie sieht und versteckt sich hinter einer Tür, die direkt in das Schlafzimmer ihrer Eltern führt. Es ist kalt und leblos, dieser Raum hat jede Romanze, jeden Duft und Gefühl von Lebendigkeit verloren. Genauso wie ihr Schlafzimmer und das riesige Bett, in welchem sie allein wacht und auf eine Wendung ihres Lebens wartet. Plötzlich hört sie eine Tür zuschlagen. Ihr Vater hat das Haus verlassen und niemand weiß, wo er hingegangen ist und wann er wieder zurückkommt. Die gleichen Gefühle hatte sie bei Eric. Sie ist noch immer in den Gefühlen als Kind gefangen und hat die frühkindlichen Traumata nie verkraftet. Nun erscheinen sie wie ein Bumerang in ihrem Leben. Die Erinnerungen beginnen erneut zu leben und durchbohren ihr Herz mit Argwöhn und Verzweiflung.

3

Am nächsten Morgen wacht Johanna in ihrem Bett auf und fragt sich, ob es ein Traum war, dass sie in letzter Nacht erlebt hat oder der Wirklichkeit entsprang? Sie kann es nicht mehr unterscheiden. Es wirkte so real und echt, dass es den Anschein macht sie wäre in ihr Kindesalter zurückgekehrt. Möglicherweise war es nur der Wein, der ihr ein Szenrio erschaffen hat, welches ihrer Einbildungskraft entsprang. Eine blühende Fantasie hatte sie immer schon und in fremde Welten zu gleiten ist ein natürliches Bedürfnis, wenn man der Realität entfliehen möchte.

Johanna steht auf und sucht sich bequeme Sportkleidung, dann bereitet sie sich einen Milchshake zu, um die erste Trainingsstunde zu absolvieren. Es soll ein Neubeginn werden. Sie möchte endlich etwas für sich tun und sich wieder wohl und attraktiv in ihrem Körper fühlen. Die 55 Jährige fühlt sich unwohl und etwas scheu, als sie das Fitnesscenter betritt und alle gutaussehenden, schlanken Menschen erblickt. Als würde jemand mit einem Messer ihre Kleidung zerschneiden und sie nackt bloß stellen vor all den Menschen. Johanna spürt, wie ihr die Röte ins Gesicht steigt und sie am liebsten wieder durch ihre Matratze in eine andere Welt verschwinden würde. In eine Welt, wo sie sich als Kind sieht und die schmerzhaften Kindeserfahrungen erneut durchmacht, welche bis in ihr jetziges Leben durchgedrungen sind. Spielt Eric die Rolle ihres Vaters nur in einer anderen Form und Identität? In diesem Augenblick hat Johanna keine Zeit sich mit diesen Gedanken auseinanderzusetzen. Es geht hier um sie, ihr jetziges Ich und ihren Körper, den sie seit Jahren vernachlässigt und abgelehnt hat.

Der Fitnesstrainer wirkt mit seiner Riesenerscheinung einschüchternd und erniedrigend. Er hat starke Muskeln und scheint täglich Bodybuilding zu betreiben. Sein gesamter Körper besteht aus Muskeln die einen beschützenden Charakter representieren. *Wie sehr sehnt sich Johanna nach beschützenden Armen, die sie festhalten und ihr einen starken Boden unter ihren Füßen versprechen.* Seine schwarzen Haare trägt er gegelt und glatt, sein Dreitagebart macht ihn attraktiv und verleiht ihm einen Ausdruck von überkompensionierter Männlichkeit. Johannas Knie zittern, fürchtet sie sich vor dem Hohn und Verspottung, den sie hinter seinen blauen Augen vermutet und nur darauf wartet, dass er sie öffentlich demütigt. So wie Eric sie gedemütigt hat. Doch sein zartes Lächeln und freundliche Begrüßung lösten die Anspannung aus Johannas Körper. Sie fühlte sich nun nicht mehr ganz so fehl am Platz und ist erfreut über ihre Entscheidung ins Fitness Center zu gehen. „Mein Name ist Henry stellt sich der Hüne vor und greift fest nach Johannas Hand. Sie fühlt einen festen, aber dennoch angenehmen Druck in ihrer Hand und schenkt ihm ein zaghaftes Lächeln zurück. „Ich heiße Johanna", gab sie freundlich zurück. „Okay, ich zeige dir die Geräte und stelle mit dir ein Trainingsplan zusammen, mit dem du deine Ziele erreichen kannst. Komm mit in mein Büro, dann können wir uns über deine Pläne unterhalten und einen Plan anfertigen." Nun kehrt ihre Schüchternheit erneut zurück und die Luft scheint in ihrer Kehle stecken zu bleiben. „Ach was soll es, ich bin jetzt hier. Dann schaffe ich das auch noch," denkt Johanna. Das Büro ist etwas kleiner als das Arbeitszimmer ihres Mannes. Beziehungsweise Exmannes. Es verfügt über ein großes Fenster, mit einem herrlichen Ausblick ins Grüne. Der Schreibtisch ist aus Massivholz angefertigt und erinnert an Erics Vorstellungen über Möbel. Es hat den Anschein, dass Henry und Eric den gleichen Geschmack teilen. „Setze dich, forderte er sie mit bestimmtem Ton auf. Johanna fühlt sich von seiner dominanten, aber freundlichen Art angezogen und zugleich minderwertig. Wie am Abend zuvor als sie sich mit Chips und Rotwein vollgestopft hat. Als würde ein Mann wie Henry sie attraktiv und interessant finden. Was hat sie denn schon zu geben? Sie weiß selbst nicht mehr, wer und was sie eigentlich ist. In ihrem gesamten Leben war sie immer jemand von, Tochter von ihren Eltern, die sich ständig gestritten haben. Ehefrau von Eric, der sie verlassen hat und Mutter von Julie und Oliver die bereits das Elternhaus verlassen haben, in dem sie sich nun allein aufhält. Noch nie kroch die Einsamkeit mit solch einer Radikalität in ihr Sein. Denn noch niemals zuvor musste sie sich mit sich selbst auseinandersetzen.

„Okay Johanna, was kann ich für dich tun? Weshalb bist du hier," fragt er mit ernstem Interesse. Johanna versucht seinem Blick auszuweichen und bemüht sich ihre Unsicherheit mit einem Lächeln zu verbergen. „Ist das nicht offensichtlich", entgegnet sie schuldbewusst und bereut so direkt reagiert zu haben. „Nun, ich möchte etwas an meinem Körper verändern. Ich möchte wieder so aussehen wie früher und meine alte Figur und Lebensweise zurück. Deshalb bin ich hier." Henry äußert sich mit einem Lächeln und geht mit Johanna den Fragebogen durch. „Für ihr Alter haben sie sich gut gehalten", teilt er ihr mit, ohne darüber nachgedacht zu haben. „Für mein Alter", antwortet sie fragend. „Hören Sie, Henry, ich weiß, dass ich nicht die klassische Frau bin, die hierherkommt und dass sie sicherlich mit einer anderen Person gerechnet haben. Aber ich möchte wirklich etwas für mich tun. Ist es möglich, dass wir schnell einen Plan zusammenstellen, sodass ich in Ruhe mit dem Training anfangen kann"? „Ich wollte Sie nicht kränken", entgegnet er ernst und wirkt nicht mehr so freundlich wie zu Beginn.

Ich habe es vermasselt, denkt Johanna. Es ist immer dasselbe, er zeigt sich nett und höflich, teilweise sogar zuvorkommend und ich ruiniere alles. Genau wie meine Ehe. „Hören Sie, Henry, es tut mir sehr leid. Ich bin momentan etwas durcheinander, gab sie ihm schuldbewusst zu verstehen und hofft somit, die vorherige Höflichkeit in ihm zurückzugewinnen. Es scheint zu funktionieren. Henry lächelt sie an und gibt ihr zu verstehen, dass sie sich keine Sorgen machen muss. „Es bleibt aber bitte beim Du, weist er sie an. Beide mussten lachen und die erste Nervosität ist bereits verflogen.

Henry zeigt Johanna die einzelnen Geräte und stellt einen Plan mit ihr auf. Dreimal in der Woche wird sie eine Trainigseinheit absolvieren. Erst einmal für 3 Monate, anschließend wird der Plan angepasst und überarbeitet. Beim Anblick der überaus selbstbewussten jungen Frauen, die mit einem durchtrainierten Körper gesegnet sind, fühlt Johanna die Schlinge des Alters um sich ziehen. Etwas was sie nicht ändern kann. Wie gerne würde sie die Zeit zurückdrehen und noch einmal von vorne beginnen. Was würde sie alles in ihrem Leben verändern wollen. Inzwischen ist es für vieles schon zu spät. Mit 55 Jahren ist es nicht mehr das Gleiche wie mit 30. Die Zeit ist etwas, das wir leider nicht zurückdrehen können und somit ist es uns auch nicht möglich unsere Fehler und Versagen rückgängig zu machen. Wir müssen versuchen mit dem Leben was wir uns erschaffen haben, das Beste aus jedem Tag zu machen. Doch wenn die Tage in Einsamkeit beginnen und in Verzweiflung enden, gibt es nicht mehr viel Ansporn etwas zu verändern. Der Neid und die Missgunst den jungen Frauen gegenüber sorgt für Beklemmung in Johannas Energie und Körperhaushalt. Die Phase der Reue ist eine widerliche Kreatur, die sich an ihren negativen Emotionen bedient und sie im Leeren zurücklässt, wie eine Fliege die vergeblich versucht aus einem Spinnennetz zu entkommen. Gefangen in ihrem Körper, in ihren Gedanken und Gefühlen, sowie Sehnsüchten und Fantasien. Als wäre sie nicht schon bestraft und gequält genug.

Der erste Tag im Training neigt sich dem Ende und Johanna spürt die Schmerzen in jeden einzlenen Fasern ihrer Muskeln. Heute Abend wird sie keine Zeit zum Grübeln finden, ihr Körper ist so schlapp, dass er in Sekundenschnelle in einen Schlaf findet.

4

Am Abend fällt Johanna schnell in einen tiefen Schlaf und wird wieder von ihrer Matratze in eine andere Welt gezogen. Das Stimmengewirr hat nachgelassen, doch der tiefe Schmerz in ihrem kindlichen Wesen bleibt angehaftet bis in ihr Erwachsenenalter. Tief in ihrem Inneren ist sie noch immer das kleine, unsichere, verletzliche Kind, das um das nackte Überleben kämpft. Gefühle werden unterdrückt, da sie zu schmerzhaft sind, um erfahren werden zu wollen. So erlebt Klein Johanna die ersten Unterdrückungsmechanismen und beginnt ihr Dasein darauf auszurichten. Diese Verweigerungshaltung hat sie mit bis ins Erwachsenenalter beibehalten und immer gefüttert. Die Quittung bezahlt sie jetzt. Eric hat sie verlassen und sie muss ihr Dasein mit sich selbst aushalten und gestalten. Etwas wovor sie sich im tiefsten Unterbewusstsein immer gefürchtet hat, wird nun Realität. Dabei hat sie sich so viel Mühe gegeben es jedem recht zu machen und sich hintenanzustellen. Dennoch wurde sie von allen lieben Menschen in ihrem Leben zurückgelassen. Als würde sie nicht existieren, als sei sie kein Wesen mit Bedürfnissen. Johanna beobachtet das alte Haus und erlebt ihre früheren Erinnerungen aus Sicht einer Erwachsenen, doch der Schmerz bleibt der Gleiche. So wie sie sich als Kind verlassen fühlte, so sehr fühlt sie es auch als Erwachsene. Die gleiche Sehnsucht, dasselbe Verlangen steuert noch immer ihr Wesen und kontrolliert ihr Realitätserleben. Überschäumende Wut und Grausamkeit breiten sich nun in ihrem Wesen aus und bringen die schwarze und rote Galle zum Erleuchten.

Nicht nur ihr Körper, sondern auch ihre ver – rückte Seele profitiert von dem Sport, der ihre Gefühle in etwas Konstruktives umwandelt. All der angestaute Hass kommt nun in Fratzen und Schatten zum Vorschein, die sie jagen und von denen sie fliehen will. Doch ihr Geist hat seine eigenen Spielregeln, die sie nicht kontrollieren kann. Zumindest nicht in dieser Welt. Hier wird sie sich stellen müssen und ihren Schatten umarmen. Doch die Angst zerreißt sie und lässt sie durch das gesamte Haus rennen und rennen, bis sie schweißgebadet in ihrem Bett aufwacht. Hat sie dies nur geträumt oder befindet sie sich wirklich in einer anderen Welt? Was passiert in diesem Bett wirklich? Sollte sie vielleicht lieber auf dem Sofa schlafen und das Schlafzimmer den Geistern überlassen? Johanna steht auf und begibt sich in die Küche, um sich etwas zu trinken zu machen. Mit einem Satz trinkt sie ein Glas Wasser aus. Sie lässt sich auf dem Hocker an ihrem Fenster nieder und schaut in die tiefe dunkle Nacht hinein. Was Eric jetzt wohl macht und wie es ihm geht? Seit ihrem letzten Anruf hat sie nichts mehr von ihm gehört. Es scheint ihm gut zu gehen und es hat den Anschein, dass er keine Gedanken an sie verschwendet. Nach 35 Ehejahren ruft er sie nicht einmal an und fragt, wie es ihr geht. Als habe sie nie in seinem Leben existiert. Wenn sie sich in ihren Schlaf flüchtet, wird sie von inneren Dämonen aus der Kindheit heimgesucht. In ihrem Wachzustand sind es die aktuellen Geister, die sie jagen. Eine weitere Flucht ist ausgeschlossen und wird sie wieder an ihren Ausgangszustand zurückkapitulieren. Eines wird ihr in dieser Nacht schlagartig bewusst. Die Trennung ihres Mannes war keine spontane Reaktion, sondern lange im Vorfeld kalkuliert und geplant.

Vielleicht schon seit Monaten oder gar Jahren. Eric hat sich bereits von ihr entfremdet als sie vor Jahren ein gemeinsames Fest mit Freunden und Familie geplant haben. Bei einem Gesellschaftspiel konnte er nicht beantworten, was Johannas Lieblingstiere sind oder welchen Schauspieler sie besonders mag. Selbst solche Dinge wusste er nicht über sie und es schien ihn auch nicht zu interessieren. Nicht einmal ihren zweiten Vornamen Jane kannte er. Er hat gewartet, bis die Kinder aus dem Haus sind und sie ihn nicht beschuldigen und verantwortlich machen. *So kann er alles auf mich und meine Emotionalität schieben, dachte Johanna.* Ein sehr cleverer Schachzug, den er da gespielt hat. Dabei wusste Johanna nicht einmal, dass Eric Schach spielt und sich sehr für Strategiespiele interessiert. Wer war Eric wirklich? Wie gut kannte Johanna ihren Mann tatsächlich? Hat sie ihn jemals aufrichtig gesehen und gespürt? Oder war es nur ihr Wunschdenken, welches ihr einen Streich gespielt hat und sie nun verletzt, verlassen und verzweifelt zurücklässt. Wo sind nur ihr Mut und ihre Lebensfreude geblieben? Johanna hat das Grübeln satt und beschließt sich wieder in ihr Bett zu legen und dem nächsten Tag eine neue Chance zu geben.

Übermorgen wird sie wieder zum Training gehen und ihrem Leben eine neue Wende verpassen. Die aufgekochte Wut, die ihre Adern füllt muss kanalisiert werden, damit sie wieder die Kontrolle über ihr Leben gewinnt und einen neuen Anfang starten kann. Jetzt ist es erst einmal wieder Zeit in einen ruhigen Schlaf zu finden. Nach wenigen Minuten schaltet sich ihr Geist ab und ihr

Körper lässt sich in die Matratze fallen und gleitet in eine neue Dimension ihres Bewusstseins.

Johanna findet sich auf einer Wiese wieder. Sie saugt den Duft des Grases in sich auf und erfüllt ihre Lungen mit dem Frühlingsduft. Die Blüten der Butterblumen und Margeriten bringen eine

farbige Landschaft zum Ausdruck und erfüllen ihr Herz mit einer Sehnsucht nach einem Neubeginn. Johanna läuft barfuß durch die Wiese und erblüht zu neuem Leben, gemeinsam mit den Schmetterlingen tanzt sie einen Reigen und empfindet Leichtigkeit und Freude. Ein Gefühl, welches in ihrem anderen Dasein seit langer Zeit verloren gegangen ist. Ihre Tränen werden zu kleinen Kieselsteinen, welche ihr einen Weg zeigen. Neugierig folgt sie ihrem Tränenpfad und erblickt einen tiefen Wald, der ein dunkles Geheimnis zu verbergen vermag. Inmitten des Dickichts entdeckt sie etwas Leuchtendes. Ein Wesen oder ein Tier, sie kann es nicht einschätzen. Doch ängstlich ist sie nicht. Johanna spürt, dass sie hier ist, um etwas zu erfahren. Sie folgt ihrer Intuition, die bisher in ihrem Unterbewusstsein schlummerte. Nun ist sie erwacht und gleitet sie immer tiefer in das finstere Gestrüpp. Die sanfte Brise weht in ihrem Gesicht und verleiht ihr einen Ausdruck von neuer Frische und Energie. Allmählich beginnt die Dämmerung und die Sonne wird von grauen Wolken bedeckt. In diesem Moment erblickt sie in weiter Ferne ein weiteres Tier, welches sie anstarrt als würde es ahnen, dass sie kommt. Obwohl die Distanz mindestens ein paar Hundert Meter betrifft, kann sie diesem Tier direkt in die scheuen Augen blicken und empfindet Mitgefühl und Ehrfurcht für die

Waldhüter. Johanna folgt immer weiter und tiefer in den unbekannten Wald und verliert sich in Raum und Zeit. Das Tier ist plötzlich verschwunden. Sie kann es nicht mehr entdecken und zweifelt inzwischen an ihrer Wahrnehmung. War ein Tier dort oder entsprang es ihrer Einbildung? Und was hat es mit dem leuchtenden Wesen auf sich? War das auch nur ein Hirngespinst?

Überwältigt von Müdigkeit und Erschöpfung sucht sie sich einen Platz zwischen den Bäumen und legt sich nieder. Nach kurzer Zeit fällt sie in einen tiefen Schlaf und befreit sich von allem Ballast, den sie in den letzten Wochen ertragen musste.

5

Es ist 07 Uhr, ihr Wecker klingelt. Johanna wacht aus einem tiefen Schlaf auf und versucht sich an das Geschehen in letzter Nacht zu erinnern. Bruchstückhaft tauchen Erinnerungsfetzen auf, die für ihren rationalen Verstand keinen Sinn ergeben. Wahrscheinlich leidet ihre Psyche viel mehr, als sie auf den ersten Blick angenommen hat. Noch immer von Müdigkeit geplagt steht sie auf und setzt einen starken Kaffe auf. Zum Frühstück entscheidet sie sich lediglich einen Joghurt zu essen. Ihre Ernährung stellt sie inzwischen vollständig um, möchte sie doch Fortschritte in ihren gesetzten Zielen herbeiführen. Sie hat an neuer Kraft und Motivation gewonnen und niemand, nicht einmal ihr Exmann Eric wird sie davon abhalten ihrem Leben eine neue Wende zu geben.

In dem Moment als Johanna die Haustür öffnet, klingelt ihr Telefon. Für einen kurzen Augenblick überlegt sie, ob sie noch daran gehen soll oder nicht. Nachdem das Klingeln einen penetranteren Klang annahm, zumindest fühlt es sich für sie so an, entschied sie sich abzuheben. Sie stellt ihre Tasche ab und nimmt das Gespräch entgegen. Es ist Julie, ihre Tochter. Das ist das erste Mal seit Eric sie verlassen hat, dass sich eines ihrer Kinder bei ihr meldet. „Hey Mom, meldet sie sich mit ihrer zarten, warmen Stimme. Ich hoffe es geht dir gut. Es tut mir leid, dass ich mich nicht früher gemeldet habe, aber ich hatte so viel zu tun und irgendwie kam immer etwas dazwischen." „Kein Problem, antwortet Johanna mit gespielter Leichtigkeit. In Wirklichkeit war sie sehr enttäuscht, dass ihre Kinder sich so lange nicht gemeldet haben und scheinbar kein Interesse an ihrer Mutter zeigen. „Ich bin froh, dass du anrufst und dass es dir auch gut geht. Wie ist es in Kanada? Hast du schon einige Menschen kennen gelernt," fragt Johanna mit aufrichtigem Interesse. „Ja, es ist sehr schön hier. Die Menschen sind sehr freundlich und herzlich. Ich arbeite derzeit in einem Kindergarten und es gefällt mir sehr gut. Die Kleinen sind so süß und anhänglich. Ich fühle mich sehr wohl hier und wollte dir auch mitteilen, dass ich jemanden kennen gelernt habe mit dem ich zusammen bin. Er ist ein netter Kerl und ich wünschte du könntest ihn kennen lernen."

Ihre Tochter schwärmt am Telefon von ihrer Liebe und ihr Glück sprudelt förmlich durch das Telefon hindurch. Für einen Bruchteil einer Sekunde zieht sich Johannas Herz zusammen und sie fühlt einen Stich in ihrem Bauch.

Ist sie etwa neidisch auf ihre Tochter und gönnt ihr das Glück nicht? Ist sie so eine Rabenmutter, dass sie mit ihrem eigenen Fleisch und Blut konkurriert? Womöglich ist es nur ihr eigener Schmerz, der wieder an die Oberfläche zurückkehrt, wenn sie mit dem L Wort konftontiert wird. Ihre größte Angst ist es, für den weiteren Rest ihres Lebens allein zu bleiben.

„Oh Schätzchen, ich freue mich sehr für dich. Bestimmt ergibt sich eines Tages die Möglichkeit, dass ich deinen Freund kennen lerne. Ich habe dich lieb." Ich habe dich auch lieb, Mom." Mit diesen Worten verabschieden sich die beiden Frauen am Telefon und legen auf. Johanna spürt gerade einen Dämpfer in ihrem Optimismus. Die Wunden sind noch zu frisch, als dass sie bereits darüber hinweg wäre. Dennoch lässt sie sich nicht unterkriegen und macht sich auf den Weg zum Training. Henry wartet bestimmt schon auf sie.

6

Immer wieder heißt es „in der Dunkelheit wird das Licht geboren", doch wie lange muss ich noch in der Dunkelheit verharren, bis es wieder Licht wird, fragt sich Johanna. Wenn es der Befreiung dient, sich dem eigenen inneren Schatten zu stellen, wird die Erlösung eine äußerst schmerzhafte Erfahrung werden. Hat sie doch bis jetzt versucht den Schatten zu bezwingen, in dem sie ihn in den Kerker ihrer Seele eingeschlossen hat, um sich nicht mit ihm auseinanderzusetzen. Noch immer weiß sie nicht, weshalb Eric sie verlassen hat. Oder ist es viel eher so, dass sie es nicht wissen will, weil der Schmerz so groß ist, dass es ihr Herz zersägen würde? Ist es nicht vielmehr so, dass sie vor ihrem eigenen Schmerz davonrennt, um ihr Herz nicht dem Zusammenruch ausliefern zu müssen. Denkt sie, es nicht verkraften zu können, ohne ihren Mann zu leben. Glaubt sie tatsächlich immer noch, dass eines Tages die Tür aufgeht und er mit seinen Koffern zurückkehrt? Tief in ihrem Unterbewusstsein weiß Johanna, dass sie sich neu ausrichten muss und ein neues Leben, ein neuer Anfang auf sie wartet. Sie wird ihrem Feind, sich selbst gegenübertreten müssen und ihm in die Augen blicken, um loszulassen und die Schatten hinter sich zu lassen. Welches Geheimnis befindet sich noch in ihrem Keller ihrer Seele?

Es ist Herbst und die kühle Luft bringt die Zeit der Verwehung und Veränderung. Etwas geht zu Ende und lässt die Menschen in einen tiefen, trostlosen Schlaf fallen. Alle Gefühle, Schmerz sowie Wut und Traurigkeit werden im Winter unter der Eisschicht im tiefen Schnee begraben, der sich im Frühjahr auflöst und die Negativität mit sich reißt. Johanna unternimmt einen Spaziergang am Fluss und verwelkte Blätter umtänzeln ihre Silhouette. Wie sehr sie sich nach ihrem alten Leben sehnt. Mit den düsteren Wolken ging auch ihr altes Ich dahin, so sehr sie sich nach einem Neuanfang sehnt und ihre Schatten in die Gruft katapultieren will. So sehr kleben die alten Verletzungen an ihr und suchen sie selbst in ihren Nächten heim. So wird Johanna auch in der kommenden Nacht wieder in eine andere Welt hineingezogen, in der sie sich in einem tiefen Wald wiederfindet und ein lautes Krächzen einer Eule vernimmt. Das ist nun ein weiteres Tier, welches sie angeblich sieht oder hört. Vielleicht ist sie nur verrückt geworden und hat den Verstand verloren. Sie weiß selbst nicht einmal mehr, wie sie hier her gelangte. Plötzlich, puff wie aus Zauberhand ist sie hier und erlebt eine Zeit die ihr mehr als ungewöhnlich und surreal erscheint. *Vielleicht ist es nur ein Traum, der die Wirklichkeit verzerrt.* Denkt Johanna und malt sich aus, zu welchen Tricks und Scherze ihr Unterbewusstsein fähig ist. In ihrem Traumzustand wacht sie in einer tiefen Dunkelheit auf, kann aber noch die riesigen Bäume, die ihre Kronenpracht majestätisch darstellen, erkennen. Langsam und mit Unsicherheit erfüllt, richtet sie sich auf und verliert sich in der Schwärze. In weiter Ferne ist es wieder zu sehen. Das Leuchten. Es erhellt den gesamten Wald für einen kurzem Augenblick, doch Johanna erkennt den Weg und folgt dem Licht durch das Dickicht, selbst als das Licht wieder verschwunden ist. Wird sie dennoch den Weg finden? Oder ist es wieder einer ihrer Halluzinationen, die sie heimsuchen? Gefühlt läuft sie im Kreis und findet keinen Ausweg, alles sieht gleich aus in der Nacht.

7

Im Fitnessstudio macht sie kleine Fortschritte und genießt die Aufmerksamkeit ihres Trainers. Henry arbeitet eng mit Johanna an ihrem Programm und gibt ihr ein Gefühl, welches sie schon so lange vermisst. Unterstützung und Geborgenheit. Zwei Attrribute die sie immer für selbstverständlich hielt und nun keinen Bestandteil mehr ihres Lebens sind. Zumindest bis Henry in ihr Leben trat. Der gutaussehende Hüne schenkt ihr ein verschmitztes Lächeln und bringt sie mit seinem Sarkasmus zum Lachen. Lachen, wann hat sie das letzte Mal mit Eric gelacht und sich fallen lassen können? In den kleinen Momenten wird ihr bewusst, dass ihre Ehe nicht erst seit Erics Auszug vorüber ist, sondern schon vor Monaten vielleicht wenigen Jahren ihr Ende gefunden hat. Sie wollte es sich nur nie eingestehen und hielt eine Beziehung aufrecht, um ihren Alltag nicht allein verbringen zu müssen. Doch Eric hat den Schritt gewagt und sich neu ausgerichet in seinem Dasein. Doch was hat ihm den Ansporn gegeben, die Ehe aufzugeben? Weshalb hatte er den Mut sie zurückzulassen und hat nicht mit den gleichen Schwierigkeiten zu kämpfen wie sie? Oder hat er es doch? Was weiß sie denn momentan über seinen Zustand und Erfahrungen? Welche Erkenntnisse hat sie über sein Erleben? Johanna packt die Grübeleien zur Seite und widmet sich wieder ihrem Training.

Inzwischen trainiert sie seit wenigen Wochen und hat bereits 4 Kilogramm abgenommen. Nach und nach fühlt sie sich wieder etwas wohler in ihrem Körper und verspricht, ihn mehr zu achten und zu pflegen. Stellt sich nur die Frage wie lange ihre Ansätze halten vielleicht, bis sie wieder in ein tiefes Loch fällt, aus dem sie sich nicht allein befreien kann? Nach ihrem Training reicht sie Henry die Hand, um sich bei ihm zu bedanken. Er hat einen festen Händedruck, der Sicherheit und Halt verspricht. Nur zu gerne würde sie ihn zu einem Abendessen einladen. Doch in dem Moment als sie eine junge, attraktive Blondine auf ihn zu gehen sieht, verlässt sie der Mut. Johanna löst sich von ihm, zieht sich in der Umkleidekabine, ohne zu duschen um, und eilt aus dem Fitnesscenter. Wie naiv sie doch ist. Als würde ein gutaussehender, junger Fitnesstrainer Gefallen an einer 25 Jahre älteren Frau mit Übergewicht finden. Sie fasst sich an den Kopf und zerfällt in ihr Muster aus Selbstzweifel und Minderwertigkeit. Zwei altbekannte Attribute, die sich zu engen Bekannten entpuppt haben. Die sie nie allein lassen, auf die zu jederzeit Verlass ist. Welche Ironie und Sinnhaftigkeit doch das Leben darstellt.

8

Im tiefen Wald kreist Johanna umher, um dem einstigen Leuchten zu folgen. Doch in der Finsternis ist kein Licht mehr zu sehen. Die Bäume rascheln, Tiere piepen und zwitschern und das Krächzen der Eule ist von Weitem zu hören. Folge dem Ruf der Eule, denkt sie sich und orientiert sich an den Lauten des geheimnisvollen Tieres. Auf dem Weg stolpert Johanna über einen Ast und fällt auf den weichen Untergrund. Das Krächzen verblasst und sie verliert an Kraft. Sie befindet sich inmitten eines unbekannten Waldes, in der die Finsternis dunkler nicht sein könnte. Der magische Hain birgt nicht nur Leuchten und Frohsinn, sondern auch jede Menge Gefahren. Überwältigt von Durst und Hunger kämpft Johanna sich auf die Beine um im nächsten Moment fällt sie wieder hin und schläft ein.

In jedem Moment wacht sie auf und fühlt sich energielos und erschöpft. Johanna geht in die Küche, setzt sich einen Kaffee auf und blickt aus ihrem Fenster. Die Morgendämmerung beginnt und die dunklen Wolken lösen sich auf. *Aus der Dunkelheit wird das Licht geboren,* sagt sie sich wieder und versucht diese Botschaft zu verstehen. Was bedeutet es und warum überfällt sie diesen Satz? Johanna möchte sich heute etwas Gutes gönnen, hat sie doch die letzte Zeit ausschließlich mit Grübeln, Leiden und Zweifel verbracht. Es kann nicht schaden etwas Licht in ihr Leben zu lassen, so entscheidet sie sich für einen Bummeltag in der Stadt.

Drei Stunden ist sie nun schon unterwegs. Ein befremdliches Gefühl unter so vielen Menschen zu sein. Es ist sehr lange her, dass sie sich einen Bummeltag gönnte und die Innenstadt unsicher machte. In ihrem alten Leben hat sie den Haushalt und das Familiengeschehen behütet. Es war ihre Lebensaufgabe, ihren Sinn. Jetzt gibt es nichts mehr was sie behüten könnte oder sollte sie eher sagen, müsste? Gedankenspielerei führen stets zu Kopfschmerzen. Besser ist es die Gedanken zu verdrängen, sie bringen nur

Chaos und Verwüstung in ihre aufrechterhaltende Sicherheit. *Sicherheit?* War sie jemals sicher? Oder entsprach dies nur einer Illusion? Kann man sich im Leben überhaupt sicher sein? Menschen können von heute auf morgen verschwinden, Unfälle können einen aus dem Leben reißen und bahnbrechende Veränderungen auslösen. Was bedeutet Sicherheit und Lebenssinn? War es tatsächlich ihr Lebenssinn, sich um den Haushalt zu kümmern und die Familie zu behüten? Wann hat sie sich um sich selbst gekümmert?

Johanna beachtet ihre aufkommenden Gedanken nicht und widmet ihre Aufmerksamkeit einem neuen Modegeschäft. Die Kleider im Schaufenster sehen vielversprechend aus, auch der Preis ist annehmbar. Johanna überlegt nicht lange nach und tritt ein. Die Verkäuferin ist sehr freundlich und bietet ihre Beratung an. Johanna fühlt sich etwas unsicher und unwohl, macht jedoch eine gute Miene zum bösen Spiel. Letztendlich entscheidet sie sich für ein langärmiges, beigefarbiges Winterkleid. Es passt wie angegossen und zaubert aus der Hausfrau eine elegante Frau hervor. Johanna ist stolz auf ihren Einkauf und entscheidet sich kurzfristig noch eine Kleinigkeit essen zu gehen. Das Leben draußen ist ihr fremd geworden, sie möchte sich und ihrem Leben jedoch eine Chance geben und überwindet einen Anflug von Pessimismus. Kurz vor dem Restaurant atmet sie ein paar Mal tief durch und öffnet die Tür. Ein junger, hübscher Mann begleitet sie an einen Tisch und nimmt die Bestellung für das Getränk auf. Johanna muss lächeln. Die freundlichen Begegnungen und die Aufmerksamkeit die Menschen ihr entgegenbringen sind für sie ein wahres Geschenk, welches sie nicht missen möchte. Sie spürt, dass eine innere, tiefe Wandlung in ihr geschieht. Es macht ihr Angst, zeitgleich befreit es sie auch. Und wieder denkt sie sich, *das Licht wird aus der Dunkelheit geboren.* Johanna bestellt eine Pizza und ein Glas Rosé. Sie genießt die angenehme, familiäre Atmosphäre in dem Lokal. Faszinierende Bilder, die an den Wänden hängen, scheinen durch sie hindurchzublicken. Niemals zuvor hat sie die Bedeutung und Botschaft von Gemälden wahrgenommen, geschweige denn sich damit beschäftigt und auseinandergesetzt. Ihr Interesse war seit ihrer Kindheit beschränkt und galt nur dem was man von ihr erwartete. Ihre eigenen Wünsche und Interessen hat sie nie kennengelernt.

Der Tag neigt sich dem Ende und Johanna ist glücklich und müde zugleich, als sie zu Hause angekommen ist. Es war ein langer, aber sehr angenehmer Tag, den sie seit langer Zeit nicht mehr hatte.

9

Das eigene Leben neu zu gestalten, nachdem es zerrüttet wurde, ist eine der herausfordernsten Aufgaben, die ein Mensch bewältigen muss. Alte Gewohnheiten brechen auseinander und rinnen wie Sand durch die Finger. Es ist unaufhaltsam. So erlebt auch Johanna das Ende ihres alten Daseins und zugleich der Aufbau eines neuen Ichs. Wurde ihr Leben doch stets von ihrer Außenwelt geprägt, niemals von ihrem Herzen gewählt. Schon in der

Kindheit lernte Johanna sich anzupassen und sich unterzuordenen. Sowohl in ihrem Elternhaus, als auch in der Schule wo nur das Wort des Lehrers zählte, aber niemals ihre Sicht auf die Dinge. Zu Hause war es ihr Vater, der ihr Halt und Sicherheit gab und ihr Leben bestimmte. Bis zu dem Zeitpunkt als er des Öfteren fort war. Johanna war überglücklich Eric kennengelernt zu haben, der ihr die gleiche Sicherheit versprach wie ihr Vater und ihr gemeinsames Leben dominierte. Eigene Sicherheit in ihrem Wesenskern hat sie nie gefunden und gespürt. Jetzt ist sie 55 Jahre alt und kein Mann an ihrer Seite, um ihr den Weg zu zeigen und das Leben zu diktieren. Sie ist an der Reihe es selbst in die Hand zu nehmen und zu gestalten. Wenn es sie auch beängstigt, sie hat keine Wahl. Die Nacht ist immer am schwärzesten vor der Dämmerung.

Wird sie auch in dieser Nacht wieder verschwinden? Sickert sie erneut durch die Matratze hindurch in eine andere Welt, wo sie die Dunkelheit zu zerfressen scheint? Reicht es nicht, dass sie sich tagsüber durch den Ballast hindurchkämpfen muss? Nun erlebt sie auch im Schlaf eine Veränderung, die sie nicht kontrollieren kann.

Mit zermürbenden Gedanken schläft sie ein und befindet sich einen kurzen Augenblick später wieder im Dickicht ihres Unterbewusstseins. Johanna erwacht durch das Rascheln der Blätter, sie öffnet die Augen und es ist noch immer Nacht. Die Finsternis hält an und einen Tag scheint es in diesem Wald nicht zu geben. Es bleibt dunkel und gefährlich. Mit langsamen Schritten versucht sie sich an den Lauten der Eule zu orientieren, die sie immer schwächer wahrnimmt bis sie vollständig verstummen. Wo soll sie weitergehen? Johanna versucht ihre Blicke zu schärfen, um einen Pfad in diesem Gestrüpp zu erkennen, doch ihr Augenlicht ist zu schwach, um der Schwärze standzuhalten. Kalte Tränen sammeln sich in ihren Augen und kullern ihre Wangen entlang. Ratlos und verzweifelt bleibt sie stehen und schreit in die Leere hinein. Das Einzige was sie vernimmt, ist ihr Echo, welches nur sie allein vernimmt. So laut sie auch um Hilfe ruft, es ist niemand dort der sie hört. Johanna bleibt mit sich allein in einem Wald voller Geheimnisse und Gefahren. Totenstille, die unterbrochen wird durch ein Vogelgezwitscher. Es ist noch Leben hier. Der Gesang der Nachtigall schenkt ihr Mut und ein Gefühl nicht gänzlich verloren zu sein.

10

Am nächsten Morgen geht Johanna wieder ins Fitnessstudio. Es kostet sie Überwindung, hat sie sich beim letzten Besuch blamiert und diese Demütigung noch nicht ablegen können. Doch wurde sie wirklich gedemütigt? Oder ist es nicht viel eher so, dass ihre Wahrnehmung ihr einen Streich spielt? Sie fühlte eine Beklemmung in sich aufsteigen, als die hübsche Blondine sich an Henry gewendet hat. Das Vergleichen und die damit einhergehende Eifersucht veranlassten sie den Raum schnellstmöglich zu verlassen. Sie ist nicht mehr jung, sie ist nicht blond und auch nicht schlank. Wäre sie ein anderer Mensch, wenn sie es wäre? Oder sind es nicht die Lebensjahre, welche Erfahrungen mit sich bringen die erst den Charakter und das Wesen eines Menschen formen? Bringt das sich vergleichen mit einem anderen Menschen nicht automatisch Frust und Zweifel mit sich? Schwächt es nicht den eigenen Wert und Charakter? Die persönlichen, individuellen Stärken werden untergraben und erhalten keine Möglichkeit sich bemerkbar zu machen. Sie werden im Keim erstickt, sodass nur eine leblose Hülle übrig bleibt die auf der Erde wandelt. Weshalb sollte Henry nicht mit ihr essen gehen wollen? Hat er ihr eine Abfuhr erteilt oder hat sie sich selbst geohrfeigt aufgrund ihrer paranoiden Vorstellungen, wie ein Mensch sein muss? Wer hat ihr eine Abfuhr gegeben? Was hat die junge Frau getan, um sie so zu verunsichern? Hätte sie verunsichert werden können, wenn sie selbstbewusst wäre? Der Vergleich ist ein fieser Verräter, denn er bringt immer die Unzufriedenheit mit sich, die einen Menschen aus der eigenen Mitte reißt. Wen sieht sie, wenn sie in den Spiegel guckt? Wer ist Johanna?

Johanna atmet mehrmals tief durch und erlebt ein flaues Gefühl in ihrem Bauch, als sie das Fitnesscenter betritt. Hoffentlich hat Henry nicht gemerkt, dass sie bewusst das letzte Mal so kurz angebunden war und geflohen ist. Sie möchte keine Differenzen mit ihm erleben und ihre neu gewonnene Motivation abklingen lassen.

Sie hat ihn noch nicht erblickt. Nachdem sie sich umgezogen hat, sucht sie die verschiedenen Geräte auf, um ihren Körper wieder in Form zu bringen. Sie beginnt mit den Beinen und arbeitet sich über den Rücken, Bauch zu den Armen und Schultern hinauf. Ein

Ganzkörpertraining hat sie sich für heute vorgenommen. Der Schweiß läuft ihr die Stirn hinab und löst einen brennenden Juckreiz in ihren Augen aus. Henry ist nicht zu sehen, ob sie nach ihm fragen soll? Johanna fasst sich ein Herz und fragt einen der anwesenden Trainer.

„Henry hat heute frei. Er und seine Freundin sind für ein paar Tage weggefahren. Er kommt erst nächste Woche wieder", erklärte er ihr. Johanna kann die Errötung ihrer Wangen nicht verbergen, als sie Freundin hört und wendet sich kleinlaut ab. Dachte sie ernsthaft an eine Beziehung mit Henry? Weshalb ist sie so beschämt und verletzt? Hat sie sich mehr erhofft mit ihrem Fitnesstrainer? Oder sucht sie sich einen neuen Partner, um wieder einen Menschen an ihrer Seite zu wissen, der ihr von Neuem das Leben bestimmt? Was ist der wahre Grund für die Anziehung, die sie für ihn empfindet? Johanna denkt nicht weiter nach. Sie fühlt eine Enttäuschung, das kann sie nicht leugnen. In ihrer kindlichen Vorstellung träumt sie von einem Ritter, der sie aus ihrem Turm der Einsamkeit befreit und die Welt zu Füßen legt. In diesem Leben wird sie sich selbst retten müssen und die Einsamkeit ausharren, bis sie sich selbst aus ihrem Turm befreit hat.

Zu Hause legt sie sich gemütlich in ihren Liegestuhl auf der Terrasse. Es ist ein milder Herbsttag, doch die Sonnenstrahlen sind so stark, dass sie eine Temperatur von 25 Grad erreichen. Sie schwelgt in ihren Gedanken und gibt sich dem Geschehen hin, dass sie in kurzer Zeit wieder in der tiefen, dunklen Nacht verschwinden wird.

Welche Botschaft hat das Singen der Nachtigall für Johanna? Ist es ein Lied, um sie zu verspotten oder um sie aufzuheitern? Sie kann den Unterschied nicht mehr erkennen. Zuerst landete sie als Kind in ihrem Elternhaus und erkannte Zusammenhänge zwischen ihrem kindlichen und ihrem Erwachsenen Ich. Ebenso erlebte sie das Zusammenleben ihrer Eltern, welches sie an ihre eigene Ehe mit Eric erinnerte. Und jetzt ist sie in einem Wald gelandet, der so rabenschwarz ist, dass es sie beängstigt. Zuerst entdeckt sie ein Leuchten eines Einhorns, dann blickt sie in die scheuen, aber ausdrucksstarken Augen eines Rehs, weiter folgt sie dem Krächzen einer Eule und nun lauscht sie dem Gesang einer Nachtigall. Obwohl sie den Geräuschen und Wahrnehmungen folgt, bleibt es dunkel. Was muss sie tun, damit es endlich wieder Morgen werden kann? Johanna richtet sich an die Geräusche des Vogels und versucht sich daran zu orientieren. Sie ist auf ihre anderen Sinne angewiesen, denn ihre Augen können ihr den Weg nicht weisen. Wie soll sie ohne Licht den Weg finden? *Aus der Dunkelheit wird das Licht geboren?* Gilt dieser Satz auch für sie und ihr hoffnungsloses Dasein? Wird sie jemals wieder wahrlich sehen können? Johanna strauchelt sich durch die Gebüsche und krallt sich zwischendurch an den Baumstämmen und Äste fest. Die Bäume bilden mit ihren fest verankerten Wurzeln in der Erde und ihrer königlichen Pracht einen Schutz, der ihr auf dem Weg einen Hauch von Geborgenheit, aber auch Erdrückung schenkt.

Noch immer ist es stockdunkel und kein Sonnenlicht in Sicht. Johanna kann sich nicht auf ihr Augenlicht verlassen, sondern muss auf ihre anderen Sinne zurückgreifen, wenn sie jemals wieder diesen unheimlichen Wald verlassen will. Schritt für Schritt kämpft sie sich durch das Dickicht und hofft, bald wieder ein Zeichen eines der Tiere zu erhalten, um sich orientieren zu können. Doch es bleibt still.

11

Johanna hat seit Auszug von Eric nichts mehr von ihm gehört. Auch um ihre beiden Kinder ist es still geworden. *Solange die beiden sich nicht melden, ist alles in Ordnung.* Mit diesen Worten tröstet sich Johanna und vergräbt den aufkommen Groll, der sich in ihr Herz frisst und sich von ihrem Schmerz ernährt. Heute ist wieder ein Tag, wo sie sich am liebsten im Bett verkrümeln möchte. Ihre Blamage im Fitnesscenter hat sie noch nicht verdaut und die Abwesenheit ihrer Kinder lässt ein Gefühl der Verlassenheit in ihr zurück. Hoffentlich hat der Kollege Henry nichts gesagt, dass sie nach ihm gefragt hat. Sie möchte sich nicht noch lächerlicher machen, als sie es bisher bereits getan hat. Bei dem Gedanken wird ihr ganz seltsam im Magen. Johanna reißt sich zusammen und verscheucht die quälenden Gedanken, die ihr Verstand besetzen und sie in unruhige Situationen katapultieren. *Gedanken darf man haben, man sollte jedoch nicht alles glauben was man denkt. Doch was glaubt sie eigentlich? Was ist mit ihrem Glauben geschehen? Bis zur Trennung von Eric glaubte sie an die Ehe und Liebe, sie glaubte an*

Harmonie und Familie sowie Schicksal. Schicksal. Wiederholt Johanna stumm und stellt sich im innerlich die Frage, was ihr Schicksal ist und welche Tortur es noch für sie auf Lager hat. Doch was bedeutet Schicksal eigentlich? Wer hat dieses Wort erfunden und welche Bedeutung sowie Sinnhaftigkeit beigemessen? Ist sie für ihr Schicksal verantwortlich oder ist sie Opfer ihres vorherbestimmten Schicksals? Johanna weiß es nicht mehr. Dabei war sie einst gefestigten Glaubens. Sie dachte stets, dass Eric und sie füreinander bestimmt sind. Dass ihre Seelen sich gefunden haben, um ihr Leben gemeinsam zu verbringen. Auch das Ehegelübde bedeutete ihr sehr viel und im Gegensatz zu ihm, nahm sie es ernst. War sie es nicht mehr Wert, dass er um sie kämpfte? War er es leid sich um ihre Ehe zu bemühen? Wie konnte es nur so weit kommen, dass nach so vielen gemeinsamen Jahren, kein Gefühl mehr für sie übrigblieb? Immer wenn Johanna von ihren Erinnerungen und Gedanken gequält wird, überfällt sie der Schmerz erneut. Noch sind nicht alle Tränen geweint, noch ist der Schmerz nicht stark genug, dass sie ihn überdrüssig wird und loslässt. Nein, er ist noch ihr treuer Begleiter. Jetzt wo Henry sich auch aus ihren Wunschvorstellungen verabschiedet hat, hat er noch mehr Platz als zuvor eingenommen.

12

Johanna spürt, dass sie nicht länger vor sich weglaufen kann. Seit ihrer Kindheit verschließt sie sich ihrer Seele und lebte ein gehorsames Leben, welches andere von ihr erwarteten. Nun ist sie auf sich gestellt und muss sich den Herausforderungen des Daseins eigenständig stellen. Die Zeit des Kriechens ist vorbei, Eigenermächtigung ist gefragt. Oder möchte sie lieber weiterhin in ihrer Ohnmacht verharren, bis ein neuer Prinz kommt, um sie zu retten? Hat sie ihre Werte, die ihr aufgebürdet wurden, auch an ihre Kinder weitergegeben? Oder haben sie sich aus den Fesseln von der Vater - und Mutterfigur befreit? Melden sie sich aus diesem Grund so selten? Verurteilen sie ihre eigene Mutter für ihre Gedanken und Gefühle? Dass sie ihren Kindern begrenzte Vorstellungen vermittelt hat, die sie als Kinder übernommen und sich dadurch selbst klein gehalten haben? Oder die Strenge des Vaters, der sie den Gehorsam lehrte, um anderen zu gefallen, damit sie akzeptiert und angenommen werden? Dass sie erst Leistungen erbringen müssen, um geliebt zu werden? Das Muster, welches sie selbst als Kind schmerzlichst erfahren musste und unbewusst weitergegeben hat. Mit dieser Erkenntnis fallen die ersten Steine der Mauer, welche ihr eigenes Wesen abtrennt. Die Erfahrungen im Wald knabbern an ihrem Gemüt und enthüllen stetig neue Fragen, denen sie sich im Wachzustand stellen muss. Solange sie durch ihre Matratze in einer anderen Welt verschwindet, wird sie keine Ruhe finden. Johanna fühlt, wie ihr Weg immer enger wird und sie an einem Scheidepunkt anlangt, der von ihr eine Entscheidung fordert, die sie nicht länger hinauszögern kann. Und es macht ihr Angst. Sie zittert fürchterlich und erkennt in diesem Moment, dass sie die gleiche Person ist, welche im Wald umherirrt, um das Licht zu finden. *Aus der Dunkelheit wird das Licht geboren.* Immer wieder sagt sie sich innerlich diesen einen Satz und versteht langsam was damit gemeint sein könnte. Hoffentlich wird es bald Morgen, wenn sie wieder im Wald verschwindet.

Der Ruf der Eule weckt Johanna zwischen den Bäumen auf. Zum ersten Mal fühlt sie eine tiefe Verbundenheit mit den Wurzeln der Bäume und nimmt eine physische Erdung wahr. Auch die Furcht vor der Dunkelheit verblasst, dennoch kann sie noch nichts sehen. Es ist etwas anderes was ihr ein gutes Gefühl gibt. Etwas, was sie lange vermisst. Vertrauen. Der Wald kommuniziert mit ihr. Sie ist ein Teil von dem Ganzen, der sich wieder rückverbinden möchte. Ihr Verstand zweifelt und flüstert ihr die gemeinsten Worte ins Ohr, doch Johanna schließt die Augen und folgt ihrem Herzschlag. Die Morgendämmerung beginnt, die Wolken ziehen langsam davon und die Baumkronen öffnen sich für Vater Kosmos, um das Licht hineinzulassen. Johanna öffnet ihre Augen und kennt nun den Weg. Sie wird noch immer von Angst gequält, doch weiß sie nun, wie sie der Furcht Einhalt gebieten kann. Sie schaut nach vorne und entdeckt das Einhorn wieder. Es leuchtet in strahlenden Farben und ruft sie zu sich. Johanna eilt zu dem magischen Tier und gelangt zu einer Höhle, die in ihr ein entsetzliches Unbehagen auslöst. Johanna zittert und wehrt sich hineinzugehen. Was gibt es Schmerzhafteres für sie zu erfahren, was sie nicht wahrhaben will?

Welches dunkle Geheimnis verbirgt sich in ihrem Herzen, was sie nicht anschauen möchte? Was tut so weh, dass man sich lieber etwas vormacht, als der Wahrheit ins Auge zu blicken?

Schwer nach Luft atmend wacht Johanna in ihrem Bett auf und fühlt, dass sie die Antwort kennt. Auch wenn sie es nicht wahrhaben möchte. Schnell verdrängt sie ihre Eingebungen wieder und versucht sich erneut etwas vorzumachen. Doch es funktioniert nicht mehr. Sie weiß es. Sie kennt die Wahrheit und kann sie nicht mehr leugnen. Wird sie ihn zur Rede stellen und ihn mit seinen Lügen und seinem Doppelleben konfrontieren? Jahrelang hat er ihr etwas vorgemacht, nutzte ihre Unsicherheit aus und brannte mit seiner Sekrtetärin durch. Eric hat sie für eine andere Frau verlassen. Miriam. Sie ist jung, verrückt, verspielt und voller Lebendigkeit. Eigenschaften die Johanna schon in ihrer Kindheit verloren hat. Miriam gibt Eric das Gefühl, wieder jung, vital und voller Impulsivität zu sein. Sie hat ihn zu neuem Leben erweckt, während ihre Ehe einer Gruft glich, die beiden die Lebenskraft aussaugte. Johanna hat ihren Mann an das Leben selbst verloren. Denn gelebt hat sie nicht, nur existiert. Für Eric hat das nicht mehr gereicht. Er wollte den Saft schmecken, den das Dasein für ihn bereithält, um zu kosten. Er sehnte sich nach einem neuen Frühling, der ihn wieder auferstehen ließ. Die bittere Wahrheit birgt das Licht in sich, auch wenn die Finsternis noch an ihrem Herzen nagt. Johanna muss sich ihrem Schmerz stellen und sich eingestehen, dass sie für eine jüngere Frau verlassen wurde. Eric fürchtete sich vor dem Alter. Es bedeutete für ihn Tod und Verwesung, mit der Selbstaufgabe seiner Frau wurde der Prozess beschleunigt und trieb ihn in die Arme seiner Geliebten. Scham und Schuldgefühle hielten seiner Sehnsucht nicht stand, sodass er sich für Miriam und gegen Johanna entschied. Mit dem Auszug wartete er, bis die Kinder außer Haus waren, um sie der Veränderung nicht aussetzen zu müssen. Doch die Verbindung mit Miriam begang schon lange bevor er seine Sachen packte. Johanna gab sich selbst auf und hängte sich an die Sicherheit, um ihre Ehe aufrechtzuerhalten und hat sich selbst und ihre Ehe verloren. Nun geht es darum, dass sie sich selbst wieder findet.

13

Vor der Höhle überkommt Johanna ein Gefühl von Übelkeit. Sie vermutet schon lange was sich hier verbirgt. Miriam, die Frau für die ihr Mann sie verlassen hat. In dieser Höhle wird sie sich dem Schmerz stellen müssen und ihn durchleben. Sie kann nicht länger vor sich selbst und ihren Gefühlen davonlaufen. Sie werden sie einnehmen, der Schmerz wartet darauf gespürt zu werden und nur das Erleben der Dunkelheit wird sie letztendlich befreien. Johanna setzt einen Fuß vor den anderen und tritt ein. Alles ist dunkel, in der Mitte befindet sich ein kleiner Brunnen mit Wasser. Johanna tritt näher und wirft einen Blick in das trübe Wasser, welches sich langsam in ein strahlendes Blau verwandelt. Johanna schaut hinein und sieht eine junge Frau, mit schlanker Figur und langen blonden Haaren die glücklich mit Eric durch die Stadt zieht. Er wirkt jünger und lebendiger, als er es jemals war. Kann sie ihm den Betrug vorwerfen? Hat er nicht auch ein Recht, glücklich zu sein? Während sie immer mehr verwelkte wie eine Blume, die kein Wasser mehr erhält, distanzierte sich Eric von ihr und suchte das Leben in seiner Sekretärin. Johanna bricht in lautem Weinen und Schluchzen aus. Eifersucht und Wut nähren ihren Körper und Geist. Sie formen neues Leben in ihr. Sie schaut sich ihre Gefühle an und durchlebt die tiefste Dunkelheit in ihrem Inneren. Die Ketten der Verzweiflung brechen auf und das Bild im Brunnen ändert sich. Sie sieht nun sich selbst als Kind, wie sie die Streitkeiten ihrer Eltern mitansehen musste und sich schwor, es niemals so weit kommen zu lassen. Schon in diesem jungen Alter hat sie ihre Identität vergraben, um nicht verlassen zu werden. Die Schuld, dass ihr Vater sie verlassen hat, sitzt noch immer tief in ihrer Seele und steuert ihr gesamtes Erwachsensein. Sie muss den Schmerz an der Wurzel beseitigen, dann kann sie sich lösen und wieder zu neuem Leben erwachen. Das innere Kind in ihr muss geheilt werden, dann kann auch sie wieder jung sein und das Leben genießen. Johanna dachte einige Zeit über ihre Erfahrungen im Wald nach und reflektierte ihr Leben. Seit Kindheit an gefangen in Konditionierungen und destruktiven Glaubensätzen, wurde sie immer ihres eigenen Lichts beraubt. Nun kann sie sich aus ihrer eigenen Hölle befreien und zu ihrem wahren Selbst finden. *Aus der Dunkelheit wird das Licht geboren.* Eine Aussage, deren Botschaft sie jetzt erst verstanden hat. Es ist ihr eigenes Licht, welches sie in der tiefsten Dunkelheit ihres Seins erkennt. Johanna schaut sich ihren Schatten an und lässt ihn nach einiger Zeit gehen. Etwas ist mit ihr passiert. Sie ist nicht mehr die Gleiche Person wie zuvor. Und sie wird nie wieder die Gleiche sein.

Als sie erwacht, fühlt sie sich wie neugeboren und entdeckt den Genuss des Lebens. Die Ketten der Sklaverei hat sie gesprengt und sich somit aus ihrer eigenen Hölle befreit. Sie fühlt eine tiefe Leichtigkeit in sich aufsteigen und genießt den Ausblick von ihrer Terrasse. Die Sonne drückt sich durch die Wolken hindurch und scheint in ihren kräftigsten Strahlen. In dem Moment entdeckt sie einen Schmetterling, der um ihr Gesicht kreist, als ob er ihr eine Geschichte erzählt.

14

Johanna ist fest entschlossen, noch etwas Schönes aus ihrem Leben zu machen und hat die Identität mit ihrem irdischen Alter aufgegeben. Mit neuem Mut sucht sie sich eine neue Arbeit als Sekretärin eines Immobilienmaklers. In ihrer Rolle als unabhängige Frau blüht sie auf und lacht über ihre Vergangenheit, als sei es nur ein Spiel gewesen. Wenn die ersten Brocken der Illusion fallen, folgt der Rest von allein. Sie hat sich geschworen, sich nie wieder unterkriegen zu lassen und sich selbst mehr zu achten und respektieren. Mit Eric hat sie endgültig abgeschlossen und fühlt keine Sehnsucht mehr ihn an ihrer Seite haben zu wollen. Das Gefühl jemanden zu brauchen, resultiert aus einem Verlangen des Mangels her. Doch aus emotionaler Abhängigkeit heraus, möchte sie keine Liebesbeziehung mehr eingehen. Nie zuvor war ihr die destruktive Form der Liebe bekannt gewesen, doch der magische Wald enthüllt die tiefsten Geheimnisse ihres Seins und wies ihre eigene Abhängigkeit auf. Mit Liebe hatte ihre gesamte Ehe nichts zu tun. So schmerzhaft die Erkenntnis auch ist, sie möchte sich nicht mehr verstecken und ihr Licht unter den Scheffel stellen. Sie ist dabei sich selbst kennen und lieben zulernen. Niemand wird eine Leere eines anderen Menschen füllen können, dessen ist sich Johanna bewusst. Die Entführung in ihr Unterbewusstsein hat ihr einen Spiegel gezeigt und ihr zu verstehen gegeben, dass sie bisher in ihrer Dämmerung gefangen war. Doch nun ist der Morgen aufgebrochen und hat die dunkle Nacht davongejagt.

15

Nach einigen Monaten ereignete sich ein schwerer Unfall, der Johanna ins Krankenhaus brachte. Jemand hat ihr die Vorfahrt genommen und krachte mit einer Geschwindigkeit von 140 Stundenkilometer frontal mit ihr zusammen. Zu Beginn wusste sie nicht, ob sie es überleben wird oder nicht. Johanna blieb für einige Zeit bewusstlos und erwachte erst einige Tage später im Krankenhaus wieder. Ihre Verletzungen schienen auf den ersten Blick besorgniserregend zu sein, doch der behandelnde Arzt blieb zuversichtlich und schöpfte Hoffnung. Sie hat ein paar Prellungen und innere Blutungen erlitten, die gestoppt werden konnten.

Der Unfall beendete ihr altes Dasein und schenkte ihr die Möglichkeit ein neues Leben zu beginnen. Mit dem Zusammenprall starb das alte Ich und mit der Genesung wurde ein neues Ich geboren. Johanna lernte das Leben wieder zu schätzen und ihr Dasein als Frau intensiver zu erfahren.

Adam, ein junger Pfleger kümmerte sich um sie und wirkte sehr symphatisch und fürsorglich. Mit seinen braunen, warmen Augen lächelte er sie an und kümmerte sich um die Pflege. Johanna fühlte sich für einen Moment unwohl, doch die Empathie und Unbeschwertheit des jungen Mannes lösten ihr Unbehagen auf. Ein zartes Lächeln huschte über ihre Lippen und sein Humor brachte sie zum Lachen. In dieser Zeit schöpfte sie viel neue Kraft und philosophierte mit dem jungen Mann, wann immer er Zeit für sie fand. Die Begegnung löste ein Gefühl in ihr aus, welches sie nicht mehr kannte oder besser gesagt, nie kennen gelernt hat. Verliebt sein. Johanna ist sich sicher, dass muss das Gefühl sein, wovon sie alle immer sprechen. Auch ihre Tochter Julie hat ihr erzählt, wie schön es ist verliebt zu sein. Wenn die Schmetterlinge im Bauch tanzen und das Gefühsleben zu einer Achterbahnfahrt wird. Es verleiht ihr eine magische Ausstrahlung, wie ihre Kinder es nennen. Julie und ihr Sohn kamen sofort aus ihren Ländern angereist, um ihre Mutter im Krankenhaus zu besuchen. Die Ausstrahlung von Johanna hat sich verändert, was den beiden Kindern direkt aufgefallen war und sie in Erstaunen versetzte. Sie fragten sie, was mit ihr geschehen sei. Wo ihre alte Mutter geblieben ist. Doch würden sie verstehen, wenn Johanna ihnen die ganze Geschichte erzählen würde? Sie behielt ihre Gedanken und Erfahrungen für sich und schmunzelte. „Ein Unfall verändert einen Menschen eben", sagte sie und hoffte ihnen damit genügend erzählt zu haben.

16

Sie blieb noch wenige Wochen in der Klinik, bis sie wieder vollständig genesen war.

Zwei Monate später schlenderte sie mit Adam, dem jungen Pfleger aus dem Krankenhaus, händchenhaltend durch die Straßen. Er hatte sich rührend um sie gekümmert und sie letztendlich eingeladen mit ihm zu Abend zu essen. Mit der Zeit näherten sie sich an und wurden ein Liebespaar. Johanna fühlt sich geborgen und glücklich wie nie zuvor in ihrem Leben. Es ist ihr bewusst geworden, dass die Trennung von ihrem Mann und der Unfall das größte Geschenk für sie war. Es hat sie zu sich selbst gebracht und ihre Lebens - und Liebesenergie in Kraft gesetzt. Die Unbeschwertheit ihres neuen Partners und seinen Humor, haben ihr auch ihren Humor wieder geschenkt und die Fähigkeit, Dinge gelassener zu sehen. Adam ist 20 Jahre jünger als sie, was für beide aber kein Hindernis darstellt. Sie haben sich ineinander verliebt und Liebe kennt bekanntlich keine Grenzen. Es hat Johanna fasziniert, wie sehr sich Adam um sie bemüht hat und ihr das Gefühl vermittelte, eine attraktive Frau zu sein.

Das Eintauchen in ihre Urweiblichkeit hat ihr die Sichtweise vermittelt, dass Frau Sein von der Gesellschaft geprägt ist, wie eine Frau sein muss und welche Rollen sie zu verkörpern hat. Johanna hatte sich immer untergeordnet, dabei ist die weibliche Energie die Schöpferkraft. Unabhängig was andere Menschen von einem erwarten. Sie selbst zu sein, frei von den Klischees wie eine Frau sein muss, hat zu ihrer Befreiung geführt. So konnte sie auch ihr inneres Kind heilen und eine liebevolle Beziehung zu sich selbst aufbauen.

Adam ermutigte sie ihre innere Kraft zu finden und die Göttin in ihrem Wesen zu entdecken. Es scheint, als verstehe er viel mehr von der weiblichen Energie als sie selbst. Zu lernen, wie sie aus tiefster Freude ihr Leben gestalten kann und ihr wahres Sein zum Strahlen bringt. In den letzten Monaten hat sie Mut, Klarheit und Vertrauen erlangt, die es ihr ermöglichen ihr Leben nun selbstbestimmt zu kreieren. Johanna hat sich auf den Weg gemacht, Frau sein wiederzuentdecken und zu erkennen, wie lustvoll und mächtig ihre Weiblichkeit ist. Niemand wird ihr dieses Geschenk wegnehmen können. Nicht einmal ihre Vergangenheit, die sie ad acta gelegt hat.

Als Johanna mit Adam in einem indischen Restaurant dinierte, begegnete sie ihrem Exmann Eric. Inzwischen hat Johanna die Initiative ergriffen und die Scheidung eingereicht. Sie hat mit ihm abgeschlossen. Ihre neue attraktive Erscheinung und Begleitung schienen Eric zu beeindrucken. So blickte er ständig zu ihr und ihrem neuen Partner herüber und fühlte ein Stich in seinem Herzen. Doch diese Tür ist verriegelt und kann nicht mehr geöffnet werden. Sie ist durch die Türschwelle hindurch geschlichen und hat eine neue Dimension angetreten. Für Eric ist kein Platz mehr in ihrem Leben. Mit den alten Blockaden hat sie auch ihn mit aus ihrem Wesen verbannt.

Ende

Teil 2

die Geburt der neuen Freiheit

Eine dystopische Geschichte

1

Die Straßen sind leer. Ein sanfter Windhauch erfüllt den Raum mit Leben und der Regen peitscht gegen die Fenster, als würde er etwas sagen wollen. Was ist nur passiert? Die Dunkelheit bricht herein und die Welt ist leer geworden. Einsamkeit und Hoffnungslosigkeit prägen nun das Dasein in einer Welt, die von Boshaftigkeit gekennzeichnet ist. Fiona, eine junge Studentin, blickt aus ihrem kleinen Studentenzimmer heraus. Der Regen und ihre Tränen vereinen sich und fließen gemeinsam. Sie war seit langer Zeit nicht mehr in der Universität, hat niemanden mehr gesehen und fühlt sich ausgeliefert und machtlos. Was ist nur aus der unbeschwerten Freude in ihrer Stadt geworden? Berlin ist ihre Wahlheimat und sie liebte die direkte und unkonventionelle Art der Einwohner. Jetzt ist es ihr Laptop, der ihr Gesellschaft leistet und sie mit der Außenwelt verbindet. Und Missy, die Ragdoll Katze begleitet sie nun seit 3 Jahren und schenkt ihr ein Gefühl von Geborgenheit. Vor 2 Jahren hat sie das letzte Mal ein normales Leben geführt. Jetzt wird sie von Drohnen, Kameras und Polizisten beobachtet und kontrolliert.

Jeder Tag bringt ein neues Geschenk, doch ist es inzwischen immer das gleiche Päckchen. Jeder einzelne Tag erfüllt von Wut, Schmerz und Verzweiflung. Die Stille verschluckt ihre inneren Schreie und lähmt sie in ihren eigenen vier Wänden. Es gibt kein Ort mehr, an dem sie sich sicher fühlt. Nur die Bedrohung flüstert ihr sanfte Worte des Verderbens ins Ohr.

Es ist Mittwoch. Die Tafel verteilt wieder Lebensmittel an Studenten, die aufgrund der Inflation und geringem Einkommen, keine alltäglichen Einkäufe mehr leisten können. Einmal pro Woche hat sie nun die Möglichkeit sich mit Lebensmittel einzudecken, um keinen Hunger leiden zu müssen. Doch ist es ein Kampf für Fiona, das Haus zu verlassen, sich der Außenwelt hinzugeben und ihr Gesicht zu zeigen. Jeder Schritt wird gesichtet, jede Mimik ausgewertet und im System gespeichert. Selbst in ihr Zimmer können sie blicken, ein Entfliehen ist nicht möglich. So hat sie sich die Welt nicht gewünscht und auch nicht beim Kosmos bestellt. Fiona schließt alle Rolladen und verdunkelt ihre Wohnung, bevor sie sich entkleidet und unter die Dusche springt. *Beobachten die Perversen mich gerade, während ich dusche? Sehen sie mir beim Schlafen zu?* Die Paranoia kriecht in ihr Gehirn und betrübt ihren einst messerscharfen Verstand. Sie hat sich verändert. Fiona war ein sehr fröhliches, selbstbewusstes und intelligentes Mädchen, die sich gerne mit Freunden getroffen hat und für jeden Spaß zu haben war. Doch dieses letzte Jahr hat sie verändert, seelisch und körperlich droht sie zu zerfallen und alle ihre Werte scheinen von dunklen Wolken verschluckt worden zu sein.

Nachdem Fiona geduscht und alle negativen Gedanken und Emotionen von sich gewaschen hat, zieht sie ihr grünes Kleid an. Sie hat es seit Monaten nicht mehr getragen. Es ist ihr Lieblingskleid, doch verziert es mittlerweile ihren Kleiderschrank, anstatt ihren schlanken Körper. Es reicht bis zu den Knien und betont ihre Figur. Jede Menge Erinnerungen verbindet sie mit diesem Kleidungsstück, es zaubert ein Lächeln auf ihren sanften Schmollmund und zugleich Tränen in ihre grünen Augen.

Die Uhr zeigt 10 Uhr 15 an. Es ist Zeit loszugehen, wenn sie noch etwas Brauchbares ergattern möchte. Sie zieht sich ihre graue Weste über und tritt hinaus, in die Gefahr. So fühlt es sich inzwischen für sie an, gefährlich und verdorben. Ihre Nachbarin scheint den gleichen Gedanken zu haben. Sie beschleunigt ihren Schritt und flieht schnell zur Vordertür hinaus, nur um Fiona nicht nahe sein zu müssen. Als wäre sie ein Parasit, ein todbringendes Objekt, welches vernichtet werden müsste. Fiona beherrscht sich, eine Eigenschaft, die sie sich antrainiert hat, um zu überleben. Damals reagierte sie emotional und liess ihren Gefühlen freien Lauf. Doch nun ist es nicht mehr angebracht, seine Gefühle zu offenbaren und kundzutun. Es zerbricht einen. Fiona geht zur Vordertür hinaus und blickt in die Sonne. Der Regen hat nachgelassen und einen wunderschönen Regenbogen gezaubert. Sie schätzt es sehr solche schönen Naturphänomene zu sehen. Ist es etwas was sie zum Lächeln bewegt. Noch vor einiger Zeit hat sie diese Dinge nie bewusst wahrgenommen. Sich über einen Regenbogen zu freuen, hielt sie für lächerlich und albern, nun ist sie selbst diejenige, die sich daraus ein Glücksmoment erzielt.

Bis in die Marienstraße sind es 15 Minuten Fußweg. Fiona beeilt sich, um schnell wieder zu Hause zu sein. Von Weitem sieht sie bereits eine Menschenschlange vor der Tafel anstehen. Fiona atmet schwer und reguliert ihren emotionalen Ausbruch. *Ganz ruhig bleiben, dir kann nichts passieren. Du bist beschützt*. Sagt sie sich in Gedanken, um sich selbst zu beruhigen. Sie steht an und wartet geduldig, bis es weiter geht. Langsam, aber sicher kommt sie bald an die Reihe. Hoffentlich bekommt sie noch ein frisches Brot und etwas Marmelade. Wie sehr würde sie sich über ein Marmeladenbrot freuen. Bei diesem Gedanken muss Fiona lächeln. Nun steht sie vor der Mitarbeiterin und fragt sie in einem schüchternen Unterton, ob es für sie noch ein Brot und etwas Marmelade gibt. Die Mitarbeiterin wirkt freundlich und mitfühlend, auch wenn sie unter Stress steht. Sie schenkt Fiona ein Lächeln und schaut, ob sie die gewünschten Nahrungsmittel findet. „Wir haben Glück", sagt sie, hier ist noch ein Roggenbrot und etwas Erdbeerkonfitüre. Für den Rest bekommt Fiona noch Nudeln, Reis und etwas Soße, als auch Bohnen und Rosenkohl. Auch ein Stück Camembert Käse und etwas Kaffee hat sie ergattern können. Fiona gibt sich zufrieden und freut sich auf ein Marmeladenbrot mit einer Tasse Kaffee. Das ist in der heutigen Zeit keine Selbstverständlichkeit mehr, sondern Luxus. Fiona kommt zu Hause an und ist erleichtert wieder in ihren vier Wänden zu sein. Sie beschließt die Rolladen halb geöffnet zu lassen, um ihre Wohnung mit ein bisschen Sonnenlicht zu erfüllen. Einsam isst sie nun ihr Marmeladenbrot und trinkt ihren Kaffee, bevor sie sich wieder ihrem Studium widmet, welches inzwischen online geführt wird.

Die Straßen sind stockdunkel und feucht durch den langanhaltenden Regen. Über ihr am Horizont blinzeln die Sterne aus weiter Ferne und der Herbstmond leuchtet ein winziges Licht, während sie an der Last zugrunde zu gehen scheint. Allein die Gedanken an die aktuelle Zeit bilden eine Gänsehaut auf ihren Armen. Jährlich verschwinden Millionen Kinder, niemand scheint zu wissen, wo sie verblieben sind. Leben sie noch oder sind sie bereits tot? Am liebsten würde Fiona in einem tiefen dunklen Loch verschwinden, um aus dieser Welt zu fliehen. Die erdrückende Dunkelheit bringt sie auf ihre Knie und lässt sie in Verzweiflung beten. Es erscheint als habe sich die Finsternis in ihr zu undruchdringlicher Schwärze verdichtet. Wird sie sich jemals erinnern? Wird sie sich überhaupt erinnern wollen? An eine dunkele Zeit, die sich in ihr manifestiert hat und jede lebendige Energie wie ein Blutsauger aus ihrem Körper herausgezogen hat. Die einstige Landschaft die voller grün duftete und die frische Brise, die sie eingeatmet hat, wurde nun durch Chemikalien ersetzt, die ihr die Luft rauben. Vor einiger Zeit schenkte sie der Natur wenig Beachtung, etwas was Fiona in ihrem Leben bereut. Reue und Schuld kreieren ein Schauerspiel in ihrem Verstand, der sie in eine noch tiefere Hölle führt, als sie ohnehin schon ist. In ihre eigene, innere, tiefe Hölle die sie selbst erschaffen hat. Die Menschen haben ihre Gesichter verloren. Sie sind ausdruckslos und erstarrt. Keine Regung, keine Emotionen die noch sichtbar sind. Ferngesteuerte Roboter, die auf Befehl den direkten Gehorsam ausführen ohne jegliche Moral.

1984 von George Orwell ist längst Realität geworden. Die Totalüberwachung durch Kameras, Monitore sind längst eingesetzt. Inzwischen werden diese auch durch Drohnen unterstützt, die bis in deine Wohnung hineinblicken können. Es gibt kein Ort wo du fliehen, nirgends wo du dich verstecken kannst. Der Große Bruder wacht zu jederzeit über dich und wenn du dich nicht fügst, stornieren sie dein elektronisches Bankkonto. Du hast nicht mehr die Möglichkeit einkaufen zu gehen oder an dein Geld heranzukommen. Jeder Einkauf, jedes Verhalten wird festgehalten und mit einem Mikrochip an das System weitergegeben. Selbst ein Suizid ist nicht durchführbar, denn sie kennen jeden einzelnen Schritt, den du machst. Mithilfe eines Implantat,, kontrollieren sie deine Gedanken, Gefühle und soziales Leben. Aber nicht nur die technologischen Mittel verhelfen zu einem Totalitarismus, sondern auch die Menschen selbst. Du weißt nicht mehr, wem du noch trauen kannst? Wer ist dein Freund, wer ist ein Spitzel und verrät dich an vorderster Front? Was sollen sie auch tun? Wer sich widersetzt muss mit dem Tod rechnen, im schlimmstenfall mit Folter und anschließendem Tod. Eine Kugel in den Kopf gejagt zu bekommen ist noch ein sanfter Tod, für den man dankbar ist. Die gesamte Welt ist auf einer Lüge aufgebaut und wird mit einer Lüge untergehen. Für die brutale Wahrheit waren die Menschen einfach nicht bereit und nun leben sie in abgründiger Boshaftigkeit. Auch die Geschichtsschreibung basiert auf Lügen. Nichts ist so wie es erscheint. Doch wer in der Demokratie schläft, wacht in der Diktatur auf. Sie haben ihre Freiheit aufgegeben, um Sicherheit zu erfahren, und haben beides verloren.

Es ist ein Aswegloser Kampf den Fiona in diesem Leben nicht mehr gewinnen kann, sagt sie sich und zieht die Fenstervorhänge zu, um in ihrer kleinen, dunklen Bude zu verkümmern. Hoffnung ein großes Gut, welches sie verloren hat und nicht mehr zurückgewinnt. Es ist so viel passiert, zu viel. Kaum aushaltbar für eine verletzliche Seele, die einst in Frohmut und Leichtlebigkeit lebte und große Zukunftsaussichten verspürte. Wann war sie das letzte Mal glücklich und frei? So viel Zeit ist vergangen, dass sie es nicht mehr weiß. Die Erinnerungen an ihre blühende Kindheit verblassen immer mehr und lassen nur noch ein Häufchen Elend zurück.

2

Es geschah vor wenigen Monaten, als sie sich einem Widerstand anschloss und verhaftet wurde. Ein sommerlicher, fröhlicher und mutiger Tag endete in einem Fiasko. Mit Freunden hat sie sich versammelt, um dem politischen Machtmissbrauch Einhalt zu gebieten. Es begann mit einer positiven Stimmung und Zuspruch, bis die Polizei ihren Job zu ernst nahmen und die Friedensbeweger auseinanderzerrten wie wilde Bestien. Fiona atmetete schwer und hoffte auf Unterstützung ihrer besten Freundin Eva, doch sie kapitulierte und ließ Fiona im Stich. Eva fügte sich dem Gehorsam und gab immer wieder zu verstehen, dass sie keine Wahl hatte. Der einstige Mut und das Selbstvertrauen der jungen Frau ist im Anblick der Uniform der Söldner verschwunden. Eva knickte ein und hielt nicht stand. Seit Jahren waren sie und Fiona unzertrennlich und haben alles miteinander geteilt. Das ausgerechnet ihre Freundin sich als Spitzel und Verräter herausstellte, traf Fiona schwer. Niemals hätte sie gedacht, dass ausgerechnet Eva sie an die Bullen verraten würde. Ein Verrat der für Fiona unverzeihlich ist. Nun ist genau das passiert, wovor sie sich am meisten fürchtete. Einige Tage wurde sie in einer verrotteten Gefängniszelle festgehalten und erlebte die schlimmsten Tage ihres Daseins. Sie war immer schon rebellisch und hinterfragte kritisch, was schon in der Schulzeit zu Konflikten mit Lehrern führte. Eva stand ihr immer bei und die beiden waren wie Schwestern. So organisierten sie in der dunklen Zeit, als die politischen Machtverhältnisse aus den Fugen geraten sind, einen Widerstand mit Propaganda, der die anderen Menschen aufwecken und zum Nachdenken anregen sollte. Über diesen Weg wurden auch zahlreiche Proteste in Bewegung gesetzt, wo Fiona sich als Bürgerrechtler einsetzte und für die Unterdrückten das Wort ergriff. Nachdem die Manifestation eskalierte und die Polizei Eva über Stunden verhörte, knickte sie ein und verriet, dass Fiona hinter den Aktionen stand. Es handelte sich um eine Studentenbewegung, die nicht nur unter den Kommilitonen, sondern im gesamten Land Aufmerksamkeit erzielte. Für die Polizei war Fiona die Ausgeburt der Hölle, der das Sprechen untersagt werden muss. So folterten sie die junge Frau mit Schlagstöcken und implantierten ihr gegen ihren Willen einen Chip in ihr Handgelenk. Dieser Chip ist mit dem System der Überwachung verbunden und somit kann Fiona auf Schritt und Tritt bewacht werden. Die Studentin wurde gebrochen. Hat sie bis zum Ende um ihre und die Freiheit der anderen Bürger gekämpft, hat sie nun alles verloren und wurde zu deren persönlichen Lieblingssklavin. Die Schreie und die Schmerzen hallen noch immer in ihrem Gedächtnis, es zerreißt sie förmlich und hat ihr jeglichen

Lebensmut genommen. Lieber würde sie einen Tag in Freiheit leben und sterben, als hundert Jahre als Sklave kniend zu leben. Der Sinn ihres Daseins hat jede Bedeutung verloren, sodass sie innerlich mit ihrem Leben abgeschlossen hat. Ablenkung findet sie in ihrem Studiengang, wo sie sich an manchen Minuten oder Stunden reinhängen kann, um den Albtraum für einen kurzen Augenblick zu vergessen.

Missy schmiegt sich an Fiona und wärmt ihre kühlen Füße. Im alten Ägypten galten Katzen als heilig und wurden verehrt. Vermutlich lag es an ihrem Schutz vor Mäusen und Ratten, die sich an Getreide erfreuten, welches in Ägypten sehr beliebt war. Jedoch auch vor niedrigen Energien. Nicht umsonst wurden Katzen als Sonnentiere bezeichnet. Katzen hatten den Ruf selbstständige, sanfte, freundliche und nützliche Wesen zu sein. Somit war sie ein angenehmer Gast und der Sprung zum heiligen Tier auch nicht so groß, schließlich waren auch die Tempel vor Mäusen nicht sicher. Die Katze wurde als eine verkleinerte Form des Löwen angesehen, nur dass sie sich selbst mit Futter versorgte und der Umgang mit ihr viel ungefährlicher war. Es gab sogar Katzenpriester, die für die Bedürfnisse der Katzen sorgten. Im alten Ägypten war es ein schweres Verbrechen eine Katze zu töten. Und heute töten die Menschen bewusst und gezielt Tiere und Menschen gleichermaßen. Die Euthanasie ist nicht mehr zu leugnen und inzwischen machen sich die psychopathischen Politiker auch keine Mühe mehr es zu verheimlichen. Wenn im alten Ägypten eine Katze starb, so trauerten alle Bewohner des Hauses. Wenn zur heutigen Zeit ein Kind stirbt, ist es den Menschen gleichgültig. Von den Tieren mal ganz zu schweigen. Warum haben sie es zugelassen und all diesen Wahnsinn mitgemacht. Sie haben es gewusst, sie wollten es nur nicht wahrhaben und nun leben wir in einem totalitären Staat, in dem die Regierung die Bevölkerung tyrannisiert.

In erster Linie war die Katze das Tier der Bastet. Ebenso fand man zahlreiche mumifizierte Katzen und einen Katzenfriedhof, wo vermutlich nur Hauskatzen bestattet wurden. Währenddessen werden hier mitten auf dem Müll die Leichen verscharbelt, als seien sie ein Haufen Dreck. Die Ausbreitung des Katzenkults im alten Ägypten wurde durch Bastet begünstigt, die eng mit löwenähnlichen Gottheiten wie Sachmet und Tefnut verbunden war. Heilige Katzen gehörten dem Sonnengott. Einige Mythen erzählen von einem Kater, der mit einem Messer, den Kopf der Apophisschlange abschnitt. Der Kater entwickelte sich zu einer Form des Sonnengottes, deshalb rief man ihn unter dem Namen: "Großer Kater" an. Die Augen des Sonnengottes bezeichnete man als weibliche Katzen. Deshalb nahmen manche Göttinnen in der Funktion des Sonnenauges, Katzengestalt an, z.B. auch Hathor und Tefnut. Unvorstellbar welche Rolle und Stellung die Katzen in dieser Zeit hatten und welche sie heute einnehmen. Die Zeit hat sich so drastisch verändert, dass es Fiona elendig wird.

Missy blickt sie mit neugierigen Augen an, als würde sie verstehen was Fiona über die Katzen im alten Ägypten liest. Die Katze schmiegt sich an Fiona und zeigt ihr, dass es immer noch Liebe in ihrer Welt gibt. Sie muss nur ihre Augen öffnen.

Darüberhinaus steht die Katze für Selbstbestimmung und Selbstliebe zugleich. Zwei Attribute die Menschen heutzutage vergessen haben. Es hat den Anschein, dass die Menschen im alten Ägypten wesentlich intelligenter und weiser waren als es die Bevölkerung in der jetzigen Zeit sind. Was ist nur im gesellschaftlichen Wandel passiert? Was hat die Menschen verändert und ihre Weisheit zunichte gemacht? Sind es die Technologien, der pharmazeutische Fortschritt oder irgend etwas anderes was die Menschen in den nahen Untergang getrieben hat? Unterliegen die Menschen aufgrund der Unterhaltungsindustrie einer gezielten Gehirnwäsche? Oder ist es doch der nachhaltige Konsum, den niemand mehr aufgeben möchte? Fiona grübelt und findet keinen klaren Gedanken, der ihr eine ausreichende Erklärung gibt. Möglicherweise sind es viele verschiedene Faktoren, die zu dem einen Ziel geführt haben. George Orwell oder Aldous Huxley haben mit ihren Büchern die Menschen schon vor vielen Jahren gewarnt, doch die Masse hat nicht zugehört. Haben nicht gelesen und ihre Botschaften verstanden. Nun leben wir in einer der dunkelsten Zeiten in der Menschheitsgeschichte.

Fiona steht auf und bereitet sich eine Tasse Kaffee zu, um sich weiter mit ihrem Studium der Archäologie und Kunstgeschichte auseinanderzusetzen. Sie hat sich den Kaffee gut eingeteilt, noch für 2 Tage muss er reichen, dann ist wieder Mittwoch.

Fiona versucht den Gedanken überwacht zu werden auszuschalten. Stattdessen konzentriert sie sich lieber auf ihre Einkaufsliste und hofft diese Zutaten zu erhalten. Die Warteschlange wird wöchentlich länger und die Energie sinkt unaufhaltsam in den Keller.

Schon seit 45 Minuten steht sie an und die Lebensmittel werden immer knapper. Dabei ist sie nicht die Letzte in der Reihe, etliche Jugendliche warten in der Hoffnung noch etwas zu essen zu erhalten. Die Armut brach vor einigen Monaten herein. Plötzlich, unangekündigt folgte eine Welle der Inflation und löste eine Armut aus, wie wir sie niemals erwartet hätten. Die Reichen sind nicht davon betroffen, doch die Mittelschicht und die Armen gehen nun Hand in Hand und kämpfen täglich um ihr Überleben. Häuser, die an den Staat abgegeben wurden, um die Kassen wieder zu füllen. Menschen, die ihre Unterkünfte verloren haben und dankbar sind für ein Stück Brot, prägen nun das neue Gesellschaftsbild. Kinder, die in Decken eingemummelt sind, um der beißenden Kälte zu entkommen. Das ist der neue Anblick einer Stadt, die einst in Stolz und Individualität hervorstach. Ein Trauerspiel, was aus dieser Erde wurde. Die strahlenden Farben der Natur verblassen in ein schweres Grau, überall brennt es und aufsteigende Rauchwolken prägen das Stadtbild. Menschen kämpfen für ihre Freiheit, doch es ist viel zu spät. Der totalen Überwachung kann niemand mehr entkommen. Der Aufstand hätte viel früher passieren müssen, stattdessen wurde Fiona von Eva verraten. Somit die letzte Chance noch irgendetwas retten zu können. Vielleicht gab es auch zu diesem Zeitpunkt keine Lösung mehr.

Die Cafés und Restaurant in den Straßen sind entweder aufgrund der Insolvenz geschlossen oder werden von den

Superreichen geführt, die mit einem leichten teuflischen Grinsen die Menschen in ihrem Leid beobachten. Die endgültige Vernichtung nimmt erst seinen Lauf und die Erde wird eingenommen von den Bastarden. Wie lange hat Fiona die Menschen gewarnt, wie oft hat sie versucht sie aufzuwecken und zum Widerstand zu animieren. Niemand wollte hören. Jetzt müssen sie fühlen und am eigenen Leib erfahren, wie es sich anfühlt in einer Diktatur zu leben. In einer Welt, in der sie nicht mehr Wert sind als Tiere, an denen Experimente durchgeführt werden.

Als Fiona an der Kasse steht, um noch ein paar Nahrungsmittel zu ergattern, hat sie keine Wahl mehr sich etwas auszusuchen. Nur noch etwas Käse und Aufstrich sind übrig. Brot und Getreide sind bereits ausverkauft. „Mit was soll ich denn den Aufstrich essen", bemerkt Fiona sarkastisch und spürt, wie die Wut in ihr aufsteigt und der Hass sich von Neuem ernährt. Draußen zu sein ist nicht mehr ihre Welt. Zu viele Gesichter, zu viele Feinde und Kameras. Sie packt die zwei Artikel ein und eilt nach Hause. Etwas Käse und einen Aufstrich für eine Woche, dies bedeutet sie muss sich auf Hunger einstellen. Mit Tränen in den Augen erhöht sie die Geschwindigkeit ihrer Schritte und reagiert nicht, als sie jemanden nach ihr rufen hört.

3

Die Tür fällt ins Schloss. Fiona wirft sich auf ihr Bett und
bricht in lautem Schluchzen aus. Was ist das für eine
Zukunft, in der sie hineingeraten ist. Warum ist sie hier?
Und welchen Sinn hat das Ganze? Die Kraft schwindet
aus ihren Adern und sie fällt in einen unruhigen Schlaf.
Wenige Stunden später wird sie durch ein fürchterliches
Geschrei wach und schreckt hoch. Vorsichtig nähert sie
sich ihrem Fenster und zieht die Vorhänge zur Seite. Eine
Gruppe von maskierten Rebellen ziehen schreiend,
fluchend durch die Straßen und kündigen den Krieg an.
Überall werden Gegenstände, vorallem Autos und
Müllcontainer angezündet, die in Flammen aufgehen und
nur noch Schutt und Asche zurücklassen. Die Feuerwehr
hat keine Möglichkeit ihrer Arbeit nachzukommen und
kapituliert. Berlin ist nur noch eine Verwüstung. Mit der
einstigen Stadt, in die sich Fiona verliebt hat, hat dieses
Schreckensbild nichts mehr zu tun. Als Fiona die
Rebellen sieht, kann sie sich ein Lächeln nicht
verkneifen. Die Menschen haben es satt, sich ihr Leben
ruinieren zu lassen und fordern ihre Freiheit wieder
zurück. Fiona lehnt sich zurück und recherchiert über
Kunstgemälde, ein Interesse, welches sie von den
dunkelen Bildern ablenkt und etwas Strahlendes in ihr
auslöst. Noch gibt es ein Funken Lebendigkeit in ihrer
Seele, wenn auch nicht viel. Sie ist noch nicht
vollkommen zu Grunde gerichtet. Auch die Folter und
die Verhaftung haben sie nicht umgebracht. Sondern ihre
Wut gestärkt, die ihr Kraft zum Weitermachen geben
kann, wenn sie lernt diese zu kanalisieren.

In dem Moment klopft es an ihrer Tür. Mit jedem Hämmern klettert die Paranoia in ihrem Körper hoch. Sie windet sich um ihren Hals, um ihr den letzten Atemzug abzuschnüren. Langsam und vorsichtig bewegt sie sich auf Zehenspitzen zur Tür und blickt durch den Spion. Ein junger Mann, mit blonden mittellangen Dreadlocks und schlanker Figur steht vor ihrer Tür. Fiona kann sich nicht erinnern diesen Mann jemals gesehen zu haben, zumindest kommt er ihr in diesem Augenblick nicht vertraut vor. Wie ein Polizist sieht er allerdings nicht aus, sodass Fiona die Tür öffnet und ihrem unerwarteten Gast ein sanftes, schwaches „Hallo" über die Lippen bringt. Der junge Mann, schätzungsweise um die 25 Jahre alt, wirkt selbstbewusst und freundlich, als er ihren Gruß erwidert und sie um ein Gespräch bittet. Fiona bittet ihn hereinzukommen und sich hinzusetzen. Leider hat sie nichts, was sie ihm zu trinken oder essen anbieten könnte, was ihr großes Unbehagen bedeutet. Ihre Blicke trafen sich für einen kurzen Moment und sie konnte in seine zartfühlenden blauen Augen blicken, die einen einfühlsamen Ausdruck in sich verbergen. „Ich heiße Sebastian", stellt er sich der 23 Jährigen vor und reicht ihr eine Tüte mit Lebensmittel. „Hier sind ein paar Snacks und etwas Brot. Ich habe in der Schlange an der Kasse mitbekommen, dass du kein Brot mehr erhalten hast, und wollte dir ein paar Scheiben vorbeibringen". Fiona wirkt sichtlich überrascht und es hat den Anschein, als sei ihr Gebet erhört worden. „Bist du auch ein Student, Sebastian", fragt sie neugierig und wittert Hoffnung nicht allein bleiben zu müssen. „Ja, ich studiere Kunst und Theaterwissenschaften. Jedenfalls bis vor kurzem. Momentan ist es sehr schwierig. Hör zu, Fiona, ich muss dringend etwas mit dir besprechen", entgegnete er mit ernster Miene. „Woher kennst du meinen Namen", fragt sie vorwurfsvoll und spürt wie die Paranoia immer fester zudrückt und sie eine akute Atemnot erleidet. Doch Sebastian ist auf ihrer Seite, wie er ihr zu verstehen gibt. „Ich habe deinen Mut und deine Zivilcourage beobachtet, als du bei der Protestbewegung gesprochen und dich aktiv beteiligt hast. Es tut mir sehr leid, was dir passiert ist. Ich brauche deine Hilfe und Untersützung. Fiona fühlte sich geschmeichelt und gleichzeitig wütend. „Wenn du von meinem Mut beeindruckt warst, weshalb hast du mir nicht geholfen? Warum hast du es zugelassen, dass sie mich verhaften und einen Chip implantieren, mit dem sie mich auf Schritt und Tritt beobachten können. Ich bin eine ferngesteuerte Marionette geworden. Ich denke nicht, dass ich dir noch eine große Hilfe bin. Und woher weiß ich, dass du mich nicht auch verraten wirst? Vielleicht bist du auch einer von ihnen", schrie sie ihn an und bereute unmittelbar ihren Wutausbruch. Sebastian schien mehr von dieser Geschichte zu wissen, als sie angenommen hat. So kannte er Eva und wusste, dass sie Fiona verraten hat. „Hör zu, ich weiß, dass du misstrauisch bist, nachdem was zwischen dir und Eva passiert ist. Aber das ist der nächste Grund, weshalb ich hier bin. Seine Miene verdüsterte sich und er rang mit seinen Worten. Für einen Bruchteil einer Sekunde wurde es still und dieser Augenblick erschien wie eine Ewigkeit. „Eva ist tot, Fiona. Sie hat sich erhängt. Sie hat mir diesen Brief gegeben, den ich dir überreichen soll. Ein paar Tage später wurde sie tot aufgefunden. Sie wollte dich nicht verletzen oder verraten. Sie hatte keinen Ausweg gesehen und konnte mit der Schuld nicht länger leben", erzählte Sebastian der aufgewühlten Frau. Fiona hörte Sebastian zu. Seine Stimme hatte etwas warmes, zärtiches und bestimmendes an sich. Sie mochte es ihm zuzuhören und in seine Augen zu blicken. Die Nachricht über Evas Tod löste schwere Tränen in Fiona aus. Letztendlich brach sie weinend zusammen und die Welt hörte für einen Augenblick auf weiterzugehen.

Fionas Erinnerungen an ihre einst beste Freundin flammen erneut auf und befördern sie in eine andere Zeit. In eine Welt, in der sie beide ihre Freiheiten gekostet und ausgelebt haben. Schon im Kindergarten waren sie ein Herz und eine Seele und fühlten ihre Verbindung weit über diese Inkarnation hinaus. Umso mehr enttäuschte es Fiona, als ausgerechnet Eva sie an die Polizei verriet. Jedem hätte sie diesen Verrat zugetraut, aber niemals Eva. Mit Evas Entscheidung und Handlung hat auch Fiona den Mut zu kämpfen und zu rebellieren verloren. Jeglicher Kampfgeist ist aus ihr ausgeloschen und lässt nur ein Häufchen Asche zurück. Gemeinsam mit ihrer besten Freundin den Satanisten das Handwerk zu legen, gab ihr Hoffnung und ließ ihre Lebensfreude nicht schwächen. Bis sie verhaftet wurde und diesen dämlichen Überwachungschip implantiert bekam. Fiona wurde zu einer gebrochenen Frau, die nur noch auf ihr baldiges Ende wartete.

Singend und tanzend lachten die beiden Mädchen auf der Wiese, während sie sich nackt entkleideten und herumliefen, als seien sie vollkommen allein auf dieser Welt. Gestritten haben sie sich sehr selten, meistens ging es um Kleinigkeiten die schnell wieder gelöst wurden. Gemeinsam in Berlin zu studieren war für beide

Mädchen die Chance sich niemals trennen zu müssen und auch nach der Schule den Weg gemeinsam zu gehen. Bis sich die Welt änderte und ein totalitärer Staat errichtet wurde, der selbst die Unzertrennlichen auseinanderdriftete. Fiona schluchzte, als sie sich den schwelgenden Erinnerungen hingab und durch Sebastian in die Realität zurückgeholt wurde. *Woher kannte er sie und wusste von ihrem Tod? Wie gut kannte sie Eva wirklich? Welche Geheimnisse gilt es noch für sie zu lösen?* Sebastian starrt in ihre leeren Augen, als würden sie jeden Moment zufallen und sich der Welt entziehen. In dem Moment driftet Fiona in die Vergangenheit ab und sieht ihre gemeinsame Zeit mit Eva vor sich, als sie das erste Mal verliebt waren und sich gegenseitig ausgeheult und ihren Liebeskummer im Alkohol ertränkt haben. Eva war immer für sie da und ging mit ihr durch dick und dünn. In der Schule hat sie Fiona stets gedeckt, wenn sie ihre Hausaufgaben nicht gemacht hat oder die Unterrichtsstunden schwänzte. Vor ihrem inneren Auge sieht sie die junge Frau, wie sie ihre Hand hält und sie bestärkt, an sich zu glauben. Das war vor der Protestaktion, die den beiden zum Verhängnis wurde. Für Fiona war es unverzeihlich was passiert ist und bis zum heutigen Tag hat sie Eva nie die Chance gegeben, sich zu erklären. Und jetzt ist sie tot und nichts wird mehr wieder so sein können, wie es einmal war. Fiona ist noch nicht bereit, die Vergangenheit loszulassen und neue Perspektiven wahrzunehmen. Sie bittet Sebastian zu gehen und wünscht sich zur selben Zeit, dass er ihrer Aufforderung widersteht und bleibt.

Sebastian nimmt Fiona beim Wort und verlässt die kleine Wohnung. Beim Hinausgehen schaut er sie für einen Moment an und sagt ihr, dass er wieder kommen wird.

Die Leere in ihren Vierwänden wirkt nun bedrückender als jemals zuvor. Sie fühlt, als hätte jemand einen Teil aus ihr herausgeschnitten, der nicht wieder repariert werden kann. Fiona faltet Evas Brief auf und liest die letzten Zeilen, die ihre einstige beste Freundin geschrieben hat.

Liebe Fiona,

ich weiß, dass ich dein Herz gebrochen habe und du mir niemals vergeben wirst. Du hast deine Werte und Prinzipien, zu denen du auch in der größten Not stehst. Leider bin ich nicht so stark wie du und knickte ein. Seit dem Tag, als ich dich bei der Polizei verraten habe, kann ich mich selbst nicht mehr im Spiegel betrachten und musste nahezu immer an jene Worte denken, die du mir zugeflüstert hast.

„Lieber stehend im Kampf sterben, als Sklave kriechend zu leben."

Du hattest Recht. Erst nach meinem Vertrauensbruch habe ich diese Botschaft und ihren Sinn verstanden. Für mich ist es zu spät. Es gibt kein Zurück mehr. Ich hoffe, du wirst auch die positiven Erinnerungen an unsere gemeinsame Zeit in Erinnerung behalten.

In Liebe

Deine Eva

Fiona las den Brief zwei Mal durch. Ihre Tränen waren unaufhaltsam und nässten ihr Gesicht. Einige Tropfen landeten auf dem Papier. In Tränen werden sie auf Ewig vereint sein. Fiona ist eine Kämpferin und Freiheit bedeutet ihr alles. Es ist ihr höchster Wert und Selbstbetrug ist ein Fremdwort für sie. Doch was ist seit der Verhaftung aus ihr geworden? Hat sie jemals wieder für ihre Freiheit eingestanden? Sie selbst wurde zu einem Mäuschen, was sich im eigenen Loch verkriecht. Hat sie sich tatsächlich brechen lassen und ihren starken Willen untergraben? Mit den Zeilen von Eva wurde auch ihr Kampfgeist wieder zu neuem Leben erweckt. Was hat sie noch zu verlieren? Ungeduldig wartet Fiona auf die Rückkehr von Sebastian. Sie möchte etwas Wichtiges mit ihm besprechen.

Fiona schnappt sich ihre Tasche und verlässt abends das Haus, um eine weitere Runde frische Luft zu schnappen. Das wird sie den Beamten erzählen, sollte sie kontrolliert werden. In Wirklichkeit hofft sie Sebastian irgendwo zu finden. Leider hat sie keine Adresse und weiß nicht, wo sie nach ihm suchen soll. Ob er sein Versprechen hält, wieder zu kommen? Meinte er es ernst? Fragen über Fragen, die Fiona den Kopf zerbrechen. Was wollte er so dringend mit ihr besprechen und warum hat er Evas Brief für sie aufgehoben? Welche Verbindung besteht zwischen den beiden, was sie nie bemerkt hat? Was hat Eva ihr verschwiegen, dass sie erst jetzt erfahren soll? Fionas Schritte werden immer schneller, dennoch kann sie nicht vor ihren Gedanken und Gefühlen davonlaufen. Sie mögen sie zwar kontrollieren, aber sie können ihr Innenleben nicht auslöschen. Noch ist der Kampf nicht verloren und zu Ende. In der Box von Pandora befindet sich etwas auf dem Boden, was die Menschen längst aufgegeben und vergessen haben. Die Hoffnung.

Die Straßen sind überwacht und werden mit Kameras kontrolliert. Sie muss sehr vorsichtig sein, wenn sie Sebastian sucht. Auf keinen Fall dürfen sie gemeinsam gesehen werden. Es muss einen Unterschlupf geben, wo man sich verstecken kann. Doch Fiona hatte in den letzten Monaten keine Kraft mehr, weiterzumachen. Zu sehr war sie verwundet und verletzt. Mit den Worten von Eva wurde etwas in ihr wiederbelebt und nimmt eine neue Gestalt an. Die Liebe zwischen ihnen war immer stärker als der Konflikt. Es ist die Liebe, die ihnen Angst macht. Denn eine Welt voller Liebe, können sie nicht kontrollieren. Angst ist ihre Nahrung und macht sie mächtiger.

Es ist windig und die Abenddämmerung bricht herein. Fiona irrt umher und verliert immer mehr ihre Geduld. Wie lange wird sie warten müssen, bis Sebastian wieder kommt. Und was hat es mit den Rebellen auf sich? Wie haben sie sich organisiert, ohne entdeckt zu werden? So vieles ist geschehen, seit sie sich verkrochen hat, dass sie das Positive nicht mehr erkennt. Scheinbar haben die Menschen genug von dem Wahnsinn und haben ihren Kampfgeist zurückerobert. In dem Moment als sie innerlich in ihre eigene Welt versunken ist, kommt ein Polizeioffizier auf sie zu und fragt sie mit scharfem Unterton, warum sie um diese Uhrzeit noch draußen ist. Fiona erklärt sich, dass sie keine Uhr bei sich trägt und die Zeit vergessen hat. Sie entschuldigt sich mit ihrem charmantesten Lächeln und dreht sich um, um nach

Hause zurückzukehren. Der Polizeioffizier ruft ihr noch etwas hinterher, lässt sie aber gehen. *Das ging noch mal gut aus,* denkt sie sich und eilt mit schnellen Schritten nach Hause. Aufenthalt in der Öffentlichkeit nach 20 Uhr wird mit einer mehrjährigen Gefängnisstrafe gebüßt. Wie viele Jahre es sein werden, hängt von der Erklärung des Angeklagten und der Laune des Richters ab. Fiona will auf keinen Fall eine weitere Verhaftung riskieren, dabei hat sie genau das gerade getan. Um dem jungen Mann wieder zu begegnen, hat sie sich erneut einer Gefahr ausgesetzt. Etwas, was sie nie wieder tun wollte.

Als Fiona zu Hause angekommen ist, lässt sie sich auf ihr Bett fallen und den Tag Revue passieren. Die Begegnung mit Sebastian, ob er vielleicht zu den Rebellen gehört? Oder ist er ein Spitzel? Ist er in ihr Leben, in ihre Wohnung eingetreten, um sie zu verraten und auszuhorchen? Können seine Augen lügen? Fiona weiß es nicht mehr. Die Zweifel nisten sich ein Nest in ihrem Inneren und kontrollieren ihre Gefühle. Doch was hat es mit Evas Tod auf sich? Wusste er von dem Suizid Plan ihrer besten Freundin und hat sie nicht davon abgehalten? Fiona ist hin und hergerissen zwischen Euphorie, Schmerz, Einsamkeit, Hass und Liebe. Ihre Gefühle wechseln sich ab und fahren Achterbahn. Sie bringen ihren gesamten Körper zu beben. Sie nimmt noch eine heiße Dusche, um alle Energien des heutigen Tages abzuwaschen und sich zu reinigen und loszulassen. In ihren Gedanken verblassen nun die sanften, blauen Augen von Sebastian bis nichts mehr von ihm übrigbleibt. In dem Moment klopft es erneut an ihrer Tür.

Fiona schreckt hoch und es läuft ihr eiskalt den Rücken herunter. Ihre Lippen zittern und ein Gefühl von Angst und Ohnmacht macht sich in ihr breit. Ist es die Polizei, die ihre Meinung geändert hat und sie nun doch festnehmen möchte oder ist es Sebastian?

Fiona nähert sich mit einem flauen Gefühl in der Magengrube der Wohnungstür und schaut durch den Spion. Die Polizei ist es nicht, es scheint Sebastian zu sein. Er trägt einen schwarzen Kapuzenpulli, der es fast unmöglich macht, ihn zu erkennen. Erleichtert öffnet sie die Tür und ist froh und dankbar, dass er wieder zurückgekommen ist. Er hat etwas zu trinken mitgebracht, was den Abend noch versüßte. Zurzeit gibt es nur Leitungswasser bei Fiona, umso glücklicher ist sie über eine Limonade und trinkt ein Glas auf einmal aus. Sebastian wirft ihr ein Lächeln zu und schaut ihr lange in die Augen, bis ein lautes Geräusch, die Schluckgeräusche durchbricht. „Was war denn das", fragen sich beide gleichzeitig und kommen zu dem Entschluss, dass es sich, um ein Schuss gehandelt haben muss. Sebastian wirft einen Blick aus dem kleinen Fenster und erkennt die Rebellen, die wieder einmal durch die Stadt ziehen, um ihre Freiheit zurückzuerobern. Es kommt zu schweren Ausschreitungen und Übergriffe, seitens der Polizei. So werden einige Demonstranten erschossen, verletzt und verhaftet. Grauenvolle Bilder, die sich in der Straße abspielen und ein Ort des Schreckens geworden sind. Fiona ist beruhigt, dass sie nicht allein ist.

Sebastian wird ruhig und scheint in seinen Gedanken verloren zu sein. Der junge Mann ist sehr geheimnisvoll und löst eine starke Faszination auf Fiona aus.

Fiona zeigt ihm seine Hand und erzählt ihm von ihrer Verhaftung. Detailliert und tränenüberlaufen berichtet sie ihm, wie sie ihr diesen Chip in ihr Handgelenk implantiert haben. „Sie können mich auf Schritt und Tritt in ihrem System verfolgen," seufzt sie mit schwerer Stimme und schmiegt sich an den gutaussehenden Mann, der ihr einziger vertrauter Kontakt derzeit ist. Sebastian hat eine Idee und versucht Fiona davon zu überzeugen. „Du willst mir den Chip herausnehmen", fragt sie misstrauisch und hat keinen Schimmer, wie er das anstellen will. „Hör zu, ich habe bei mir zu Hause Utensilien, mit denen ich dir das Ding herausziehen kann. Ich habe meinen Zivi als Pfleger im Marienkrankenhaus absolviert und einiges gelernt. Wie ich jedoch einen Chip entfernen kann, haben mir Freunde gezeigt." Während er das mit seiner sanften Stimme erzählt, wirkt er ruhig und entschlossen. Eine tiefe Melancholie überfällt ihn und lässt seine weiße Haut noch blasser erscheinen. Fiona stellt keine weiteren Fragen und ermutigt sich, ihm auch in diesem Bereich zu vertrauen und folgt ihm nach Hause. Sie zieht sich ebenfalls einen schwarzen Pullover an und hält sich bedeckt, um nicht aufzufallen. Sebastian kennt einen Geheimweg, den die Polizei noch nicht herausgefunden hat. Die beiden spazieren durch einen Walddickicht, um auf die andere Seite des Viertels herauszukommen. Die dunkelgrünen Bäume, die in der Dämmerung eher schwarz erscheinen, bedecken die Sicht und bieten Schutz und Möglichkeiten sich zu verstecken. „Gleich dort links ist mein Appartement. Es ist nicht groß, aber mit allem ausgestattet was ich benötige". Die beiden überqueren die Straße und haben Glück nicht erwischt worden zu sein.

Seine Wohnung ist spartanisch, aber sehr stilvoll und malerisch eingerichtet. So befindet sich in jeder Ecke der Zwei Zimmer Wohnung ein Kunstgemälde. Hinter einem Schrank befinden sich noch weitere Bilder, die keinem bekannten Künstler zugeordnet werden können, wie Fiona feststellt. Verlegen erzählt Sebastian der rothaarigen, jungen Frau mit den grünen Diamanten Augen, dass es seine Werke sind. Seine scheue Haltung verwandelt sich in Stolz, nachdem Fiona begeistert und mit großem Interesse seine Gemälde begutachtet. Die Bilder lösen gerade zu, eine magische Schwingung auf sie aus und lässt sie tief in seine Gedankenwelt versinken. Fiona zeigt sich besonders von einem Bild mit einer jungen Frau berührt, welches sehr viel Melancholie und Trübsinn verrät. Die Art und Weise wie dieses Bild gemalt wurde, lässt auf tiefgehende Gefühle zurückschließen. „Diese Frau hat dir viel bedeutet," fragt Fiona unsicher aber mit Überzeugung. „Sie starb vor einigen Monaten. Sie war eine von ihnen, eine Rebellin und hat immer ihre Werte verteidigt und zu sich gestanden. Sie hatte Charakter und dafür werde ich sie immer lieben," erklärt Sebastian mehr verträumt sich selbst als zu seinem Gast sprechend. Für einen winzigen Augenblick fühlt sich Fiona fremd und der Hauch von Hoffnung verflog. Die Einsamkeit kriecht in ihr Herz zurück und lässt die Kälte eine Mauer um sich aufrichten, die keine Gefühle mehr hereinlassen. Sie wird nie die

Frau sein, an der er hängt. Ihr Platz wird niemals eingenommen werden können. Doch Fiona schöpft auch Energie und Kampfgeist aus diesen Augen, die sie anstarren, als würden sie ihr etwas sagen wollen. „Wie hieß deine Freundin", fragt Fiona lächelnd und mit fester Stimme, um ihre wahren Gefühle zu verbergen. „Samantha", flüstert Sebastian und zieht sich zurück. Fiona spürt eine unangenehme Atmosphäre aufkommen und möchte am liebsten in einem Erdloch verschwinden. „Ich denke, es ist besser, wenn ich jetzt gehe," sagt sie und bewegt sich Richtung Tür, als Sebastian sie aufhält. „Hey, gehe nicht. Es tut mir leid, dass ich gerade abgedriftet bin. Es ist noch etwas schwer für mich. Aber überall sind Wachen und Kontrollen. Ich will nicht, dass dir etwas passiert. Außerdem wollen wir deinen Chip entfernen", zwinkert er ihr lächelnd zu. Fiona lässt sich überreden und bleibt. Doch die erdrückende Stille ist kaum auszuhalten und sie beginnt am gesamten Körper zu zittern. *Weshalb ist er zu ihr gekommen und woher kennt er sie? Wie wusste er wo sie wohnt?* Ihr fällt ein, dass sein geheimnisvolles Auftreten sie so sehr faszinierte, dass sie nicht mehr an Fragen gedacht hat. Sie wollte nur jemanden in ihrem Leben haben, um nicht allein in der düsteren Hölle gefangen zu sein. Jemanden, der so dachte wie sie. Einen Verbündeten, auf den sie zählen und bedingungslos vertrauen kann. Jetzt wittert sie Gefühle in sich wie Eifersucht. Auf einen Menschen, der nicht mehr lebt und mit jungen Jahren im Widerstand starb. So wie Eva. Traurige Erinnerungen beginnen wieder zu leben und brechen durch die eisige Oberfläche hindurch und lösen in Fiona einen Weinkrampf aus, wie sie es niemals zuvor erlebt hat.

Sebastian nimmt sie fest in seine Arme und versucht sie zu trösten. Das Schluchzen wurde starker und die Tränen lösten eine Befreiung der kontrollierten Gefühle aus. Fiona schämte sich für einen Augenblick und ließ sich dann fallen und gab sich dem Moment hin. Ihre Mauern wurden eingerissen und enthüllten ihre abgründigsten Gedanken und Vorstellungen, die in Angst und Schuld verkleidet waren. Sie erzählt ihm von Eva und ihren Auseinandersetzungen und Konflikte, welche ihre Freunschaft letztendlich zerstörte. Der Verrat, aber auch die unterschiedlichen Auffassungen von Wertvorstellungen und eigenverantwortlichem Handeln zerschnitten immer mehr das Band zwischen den Frauen. So war Fiona jemand, die zu sich stand und auch gegen den Strom schwamm. Es machte ihr nicht viel aus mit ihrer Haltung und Meinung allein zu sein. Im Gegenteil, es verlieh Stärke. Und für ihre Werte war sie bereit alles zu riskieren. Eva hingegen passte sich an und orientierte sich stets an der Masse. Sie wollte gefallen und jegliche Konflikte vermeiden. Letztendlich kostete sie eben diese Haltung ihr Leben. Sie konnte sich selbst nicht mehr im Spiegel betrachten und mit der Schuld und Reue weiterleben. Sie hat den Absprung nicht geschafft und sich somit selbst vernichtet. Fionas Augen funkelten, als sie von Eva erzählte.

Nachdem sie sich gesammelt hat, versuchte sie das Gespräch auf Samantha zu lenken. Diese Frau hat sie neugierig gemacht und zugleich eine Gefahr in ihr gewittert. Dabei ist sie längst tot. Doch auf dem Gemälde wirkt sie trotz der Traurigkeit sehr lebendig und ihre

Augen dringen tief durch Fiona hindurch. Als würden sie ihr etwas mitteilen wollen.

Sebastian setzt eine Kanne Tee auf und zerrt plötzlich an Fionas Pullover, um sie herunterzuziehen. "Die Drohnen scheinen in meine Wohnung", flüsterte er ihr zu, als ein langer Lichtstrahl sich durch sein Fenster manövrierte. Fiona bleibt unten am Boden und richtet sich erst nach einer Zeit wieder auf. Das ewige Verstecken ist so ermüdend und zerrt an ihren Kräften. "Es wird Zeit etwas zu ändern," gibt sie ihm bestimmend zu verstehen. Sebastian lächelt sie an und beginnt ihr von den Rebellen und Samantha zu erzählen.

4

„Samantha war wunderschön und hatte ihr Herz auf dem rechten Fleck. Sie stand zu ihren Überzeugungen und schien keine Furcht zu kennen. Ungerechtigkeiten konnte sie nicht ertragen und setzte sich stets für das Wohl aller Menschen ein. Freiheit war für sie der ultimative Wert. Sie hat stets ihre eigenen Entscheidungen getroffen und die Verantwortung übernommen. Samantha hat sich nie viel daraus gemacht, was andere Menschen über sie denken. Für sie war es wichtig sich selbst im Spiegel betrachten zu können und sich niemals selbst zu verraten. Das bedeutete Freiheit für sie. In jeder Gesellschaft ist man nur ein Sklave, hat sie immer gesagt. Niemand möchte freie Menschen, weil sie ihnen gefährlich werden und ihre Agenda durchkreuzen. Was die meisten Menschen unter Freiheit verstehen, bezieht sich auf

Konsum und materielle Güter wie Reisen, Shopping, Restaurant und kulturelle Besuche. Doch für Samantha waren diese Menschen auch nur Sklaven der Konsumgesellschaft. Sie war eine sehr inspirierende Persönlichkeit und ihren Spirit hat mich so fasziniert, dass ich mich in sie verliebte. Als der Totalitarismus immer mehr an Gewand zunahm, gründete sie die Rebellen Bewegung, die sich gegen den Staat auflehnen.

„Du erinnerst mich an sie. Ich habe dich beobachtet, deinen Kampfgeist und Willensstärke. Du bist ihr sehr ähnlich und ich möchte, dass du mit mir und der Gruppe gemeinsam den Widerlingen das Handwerk legst. Deshalb bin ich auf dich zugekommen. Der Einkauf am Mittwoch hat mich zu dir gebracht."

Fiona hört Sebastian neugierig und tief versunken zu. Gefühle wie Unsicherheit und Mut zugleich steigen in ihr auf und sie wünscht sich selbst so zu sein wie Samantha. Eine inspirierende Persönlichkeit, die etwas in der Welt bewegen möchte und ihre Spuren hinterlässt. Das was sie selbst auch immer tun wollte. *Welche Fußabdrücke wird sie hinterlassen?*

„Jedenfalls geschah es im Frühling, die ersten Knospen der Blumen blühten auf und Samantha sagte mir, dass auch unsere Welt wieder blühen wird. An demselben Abend wurde sie von der Polizei bei einer Protestbewegung der Rebellen erschossen. Eine Kugel traf sie direkt im Kopf, die andere im Herz. Ich rannte zu ihr und stürmte an all den Menschen vorbei. Ich schrie und es kam mir vor wie in einem bösen Traum, aus dem ich bis heute nicht aufgewacht bin. Sie brach zusammen und starb in meinen Armen".

Nachdem Sebastian ihr die Geschichte erzählte, füllten sich seine Augen mit Tränen und seine lang unterdrückte Wut kehrte zurück. „Ich will sie rächen und die Bastarde müssen für ihre Taten zahlen", krächzte er und stand auf.

Fiona begann ebenfalls zu weinen, so sehr berührte sie die Geschichte von dem faszinierenden Mann und der mysteriösen Frau, die er malte. Samantha bekam immer mehr Gestalt und sie schien für Fiona lebendiger als jemals zuvor. Ihr Körper war tot, doch ihr Geist war nach wie vor anwesend. Sie konnte förmlich den Hauch ihres Atems spüren und zuckte zusammen. „Ich will dir helfen und gemeinsam in den Widerstand ziehen. Aber erst musst du mir den Chip entfernen". Sie lächelte. Auch wenn es ein gezwungenes Lächeln war, welches ihre Ängste überspielte.

Sebastian suchte seine Utensilien zusammen und brachte ein Scan Gerät, mit dem er genau orten konnte, wo sich der Chip genau befand, eine Pinzette, Verbandsmaterial und Messer mit. Zudem eine Spritze mit der er versuchte, die metallische Stoffe aufzusaugen. Er setzte die Spritze an Fionas Handgelenk und drückte zu. Es schmerzte und sie zuckte auf, unterdrückte aber ihren Schmerz. Mit einem kleinen Röntgencomputer, der mit der Spritze verbunden war, schaute er in ihren Körper und entdeckte das Metall. Zur Betäubung gab er ihr eine Tablette Morphium. „Vertrau mir", forderte er sie mit zärtlicher Stimme auf und schnitt ein bisschen in ihre Haut, um mit der Pinzette den Chip zu entfernen. Fiona weinte und versuchte sich zu beherrschen. Sie wollte nicht schwach wirken und unterdrückte einen Schrei. „Du bist sehr tapfer, wie Samantha". Es war als Kompliment gedacht, doch löste es einen Groll in ihr aus. Sie möchte nicht wie jemand sein oder jemanden ersetzen. Sie möchte Fiona sein und bleiben, selbst wenn sie Samantha bewundert. Er sieht Samantha in ihr, deshalb ist er zu ihr gekommen. Es ging nie um sie, sondern um seine verlorene Liebe. Er hat ihren Verlust nicht verkraftet und erhofft sich Trost von ihr. Sie kann ihn verstehen und verurteilt ihn auch nicht, dennoch ist es für sie eine verletzende Geste und kränkt sie in ihrem Stolz. Erschöpft von der Behandlung und dem Medikament legte Fiona sich hin und ruhte tief und fest.

Bei den Rebellen miteinzusteigen, tut sie für sich, um wieder zu sich selbst zurückzufinden. Um wieder der Mensch zu sein, den sie sein möchte und den Wert der Freiheit schätzt. Ihre entstandenen Gefühle für den Mann mit den blonden Dreadlocks, vergräbt sie tief in ihrem Inneren.

5

Fiona fühlt sich noch schlapp, doch der Chip ist entfernt und es verleiht ihr neue Hoffnung. Sie können sie nicht mehr tracken. Ihre Hand schmerzt, doch fühlt sie sich erleichtert und mit neuer Kraft besetzt. Ihr alter Kampfgeist ist zurückgekehrt und sie ist bereit. Bereit zu ihren Werten zu stehen und diese zu verteidigen. Bereit sich den Rebellen anzuschließen und dem Widerstand ein Gesicht zu geben. Bereit ihrem Feind in die Augen zu schauen und ihn zu besiegen. Der Feind, der sie selbst ist. Fiona überwindet sich, an ihren seelischen Verletzungen festzuhalten und lässt ihr altes Leben los. Jetzt ist ihre Zeit gekommen ihre verlorene Freiheit wieder zurückzuerlangen. Sie blickt Sebastian an und fühlt eine innere, tiefe Dankbarkeit. „Danke, dass du mich gesucht hast." Er lächelt sie schweigend an und nimmt sie fest in seine Arme. Sie schauen sich tief in die Augen und ihre Lippen nähern sich, als Fiona sich plötzlich zurückzieht. „Es tut mir leid." Mehrere Worte bringt sie nicht über ihre Lippen und muss unweigerlich an Samantha denken. Er ist noch nicht über sie hinweg, denkt sie traurig und möchte auch ihre Gefühle für ihn der Vergangenheit überlassen.

Nach einem kurzen Moment entspringt Fiona eine Idee. Sie fragt Sebastian alles über die Rebellen, um die Organisation auf ein neues Level zu befördern. Sebastian ist beeinruckt von ihrer Kraft, Energie und neuer Ausstrahlung. Ihr Kampfgeist und furchtlose Entschlossenheit lösen in ihm Gefühle aus, die er zuletzt nur für Samantha empfand. Ist er dabei sich in sie zu verlieben?

Gemeinsam suchen sie sein Schafzimmer auf, um die Gemälde noch einmal genauer zu betrachten. Fiona ist fasziniert von seinem Stil, den Bildern Lebendigkeit zu verleihen. In der hinteren Ecke steht noch ein Kunstwerk, welches noch nicht abgeschlossen ist. Fiona starrt auf die Landschaft, als würde sie den Ort kennen. Es hat den

Anschein, als würde das Bild mit ihr kommunizieren. „Wo ist das?"

„Keine Ahnung, ich habe angefangen dieses Bild zu malen. Es ist mehr aus einer Intuition heraus, als nach einer bestimmten Vorlage entstanden. Warum fragst du?"

Er blickt sie mit fragenden Augen an. Doch Fiona ist tief versunken in dem Bild und fühlt, dass es kein Zufall ist, dass er diese Landschaft gemalt hat. Es fehlen noch ein paar Ecken, aber es müsste reichen, um diese Gegend zu finden. „Ich denke, dass dein Unterbewusstsein dir mit diesem Bild etwas sagen möchte. Oder vielleicht auch Samantha. Du bist ihr immer noch nah und deine Intuition ist möglicherweise eine Botschaft von ihr." Sebastian ist sprachlos, soweit hatte er nie gedacht. Zumal Intuition für ihn eher Frauensache ist. Er hat sich stets auf seinen gesunden Menschenverstand, Logik und Rationalität beruht. Fiona ist fest entschlossen von ihrer Wahrnehmung, und er weiß, dass er keine Chance hat zu widersprechen. Er ist beeindruckt von der Souveränität der rothaarigen Frau und vertraut ihr.

Samantha war auch sehr intuitiv. In vielerlei Hinsicht erinnert Fiona ihn an sie. Mit ihr an seiner Seite fühlt er Samantha immer noch in seiner Nähe und das schmerzliche Gefühl der Verlassenheit ist nicht mehr so überwältigend.

Gemeinsam recherchieren sie die Landschaft und Gegend. Tatsächlich gibt es in der Nähe von Berlin einen Ort, der seiner Zeichnung ähnelt. „Das Maronental", sagt

Fiona mehr zu sich selbst. „Nie davon gehört, wo ist denn das"? Über Google versuchen sie den Standort herauszufinden und nach Möglichkeiten, wie sie dorthin kommen können. „Dieser Ort muss eine tiefe Bedeutung haben, sonst hättest du ihn nicht gemalt." sagt Fiona. „Ich frage mich nur, welche Bedeutung er hat," entgegnet Sebastian.

6

Es ist schon spät. Fiona fallen die Augen zu und sie sehnt sich nach einem tiefen, ruhigen Schlaf. Wann hat sie das letzte Mal richtig fest geschlafen? Mit Sebastian in ihrer Nähe fühlt sie sich beschützt und wohl. Es gibt ihr ein gutes Gefühl, nicht allein zu sein. Er kam genau im richtigen Moment in ihr Leben. Während die Verzweiflung überhand nahm und sie im Begriff war ihre Lebenslust zu verlieren, stand er vor ihrer Tür. Er hat ihr etwas wieder gegeben, was sie glaubte verloren zu haben. Ihr Kampfgeist, ihre Entschlossenheit und das Gefühl wieder frei zu sein. Ihr höchster Wert, den sie vergraben hat, kämpfte sich wieder in ihr Bewusstsein zurück. Fiona liebte ihre Freiheit, Dinge, die sie nicht tun möchte, auch nicht zu tun. Sich unabhängig von der äußeren Welt zu fühlen und tiefes Vertrauen in das Leben zu haben. Diese Werte hat sie verloren, als sie verhaftet wurde. Der Verrat von Eva brach ihr Herz und löschte das Vertrauen in andere Menschen aus. Mit Sebastian hat sie es wieder erlangt. Sie verdankt diesem Menschen so viel und möchte ihn niemals in ihrem Leben missen. Doch ihre wahren Gefühle müssen im Verborgenen bleiben, denn die Frau wird sie nie an seiner Seite sein. Das ist immer noch Samantha.

Er gab ihr eine Decke und Kopfkissen, damit sie es sich auf seinem Sofa bequem machen konnte. Nach kurzer fielen ihr die Augen zu und sie befand sich in einem traumlosen Schlaf. Sebastian schaute sie noch eine ganze Weile an und streichelt ihre kupferroten, langen Haare. Sie ist wunderschön, denkt er sich und zieht sich in sein Bett zurück.

Am nächsten Morgen strahlt die Sonne durch das Fenster und weckt Fiona auf. Sie ist vorsichtig mit ihren Bewegungen, schliesslich möchte sie nicht entdeckt werden. Sebastian ist bereits wach und hat noch etwas Kaffe aufsetzen können. Für den heutigen Tag reicht es noch, danach müssen sie für zwei weitere Tage ohne Kaffee und Essen auskommen. Doch Fiona ist nicht mehr ängstlich, sie hat etwas Wichtiges wiedergewonnen und fühlt sich zunehmend mit dem Univerusm wieder im Einklang. Die kosmische Intelligenz hat ihr Sebastian geschickt und den geheimnisvollen Ort enthüllt. Sie ist nicht allein und verlassen. Sie wird ihren Werten Ausdruck verleihen und genau das ist ihre Selbstverwirklichung. Eine Inspiration für die Gesellschaft, für die Menschen allgemein zu sein. Die Furcht vor dem Tod hat sie hinter sich gelassen, ebenso die Demut vor dem Deep State. Sie ist fest entschlossen sich aus deren Macht zu befreien und die Ketten der Konditionierungen und Indoktrination zu sprengen.

Mit Hilfe von Sebastians Maltalent, zeichnen sie sich die Gegend auf ein Papier ab und den dazugehörigen Plan, wie sie dorthin kommen. Doch zuerst werden sie sich mit den Rebellen verbinden und einen neuen Plan aushecken, um dem Wahnsinn ein Ende zu bereiten. Fiona hat auch schon eine Idee. Ihre grünen Augen strahlen und drücken eine hohe Emotionalität aus, der sich Sebastian nicht entziehen kann. Er würde sie gerne küssen und sie fest an sich ziehen, doch er weiß, dass er ihr Zeit geben muss. Sie ist eine sehr unabhängige Frau, die weiß was sie will. Die Frau an der Seite eines Mannes sein, der sie wirklich liebt. Niemals würde sie sich damit abfinden, ein Notnagel zu sein. Sie ist eine Frau, um die er sich bemühen muss.

Mit unauffälliger Kleidung und nötigem Abstand verlassen die beiden das Haus und organisieren sich im Portugiesen Viertel mit den Rebellen. Sie schleichen sich durch den Wald, der unmittelbar zum Viertel führt. Jetzt geht es darum sich nicht erwischen zu lassen, sondern behutsam und vorsichtig die Straße zu überqueren. Glücklicherweise haben die Rebellen, schon lange im Voraus die Kameras zerstört und die Polizei mit Ausschreitungen abgelenkt. So zündeten sie Mülltonnen, Polizeiautos an, um die Aufmerksamkeit abzulenken. Fiona und Sebastian eilen über die Straße und verstecken sich hinter einem Gebüsch. Das Portugiesenviertel ist sehr grün und nah an einem Wald und verschiedenen Parks gelegen. Es bietet verschiedene Versteckmöglichkeiten und ist der Treffpunkt, wo sich die Organisation regelmäßig verabredet, um neue Ideen auszuprobieren.

Fiona ist das erste Mal mit anwesend und beeindruckt von der Anzahl der Rebellen. Sie fühlt sich direkt zugehörig und erlebt ein Gemeinschaftsgefühl, welches sie nie zuvor erlebt hat. Nur die gegenwärtige Presenz von Samantha verleiht ihr nach wie vor ein Stich in ihr Herz. Sie war die Anführerin dieser Gruppe und hat ihr Leben für den Widerstand riskiert. Auch wenn sie es nicht möchte, fühlt sie dennoch eine Konkurrenz mit der bereits verstorbenen Rebellin. Fiona möchte als ein eigenständiger Mensch betrachtet werden und nicht als ein Ersatz. Es scheint, dass Sebastian ihre Gedanken lesen kann. Er blickt sie an und schweigt.

Fiona reißt sich zusammen und behält ihre Gedanken für sich. Als sie auf Samantha zu sprechen kommen, lächelt sie und bemitleidet, sie nie kennen gelernt zu haben. Eine Lüge ist es nicht, doch wenn sie noch lebte, hätte sie Sebastian niemals kennen gelernt. Ist sie etwa egoistisch?

Fiona stellt den Protestlern ihre Idee vor und erhält jede Menge Zuspruch. Miro ist etwas skeptisch und bringt sie mit seinen Äußerungen in Verlegenheit. „Du glaubst, dass du uns deine Vorstellungen auftischen kannst, obwohl du erst neu bist? Du bist nicht Samantha. Sie war unsere Anführerin. Du bist nur Fiona, mehr nicht." Verletzt und mit Tränen in den Augen zieht sich Fiona zurück. Alle anderen Rebellen nahmen sie auf und schätzten sie. Aber Miro blieb kühl und butterte sie unter. Dabei kann sie nichts für Samanthas Tod.

Nachdem eine große Diskussion in der Gruppe ausbrach, suchte Sebastian ihre Nähe und nahm ihr Gesicht zärtlich in seine Hände. „Er meint es nicht so. Er war ihr Bruder und hat es noch nicht verkraftet. Gib ihm eine Chance." Fiona nickte und entgegnete ihm. „Ich bin nicht diejenige, die einem eine Chance geben muss." Sie wendete sich ab und lehnte sich an einen Baum im Park. Sebastian blickte ihr nach und spürte ihren Schmerz. Diese Botschaft war nicht nur auf Miro bezogen, sondern auch auf ihn. In diesem Augenblick entdeckte sie von Weitem Polizisten. Sie eilten immer schneller heran und es blieb ihr nicht viel Zeit, ihre Genossen zu warnen. Sie bewegte sich langsam von Baum zu Baum, bis sie wieder im Lager ankam und meldete ihre Beobachtung. Sie müssen sich beeilen und schnell handeln, wenn sie nicht verhaftet werden wollen.

7

Die Rebellen organisieren den nächsten Widerstand und haben sich mit Fionas Inspiration etwas Außergewöhnliches ausgedacht, was nicht so schnell in Vergessenheit geraten wird. So beschlagnahmen sie einen Transporter der Krankenpflege und nutzen dieses Vehikul, um sich unbemerkt fortzubewegen. Die anderen Rebellen führen den Protestmarsch aus und zeigen sich selbstsicher und überzeugend, wie niemals zuvor. Sie sprechen eine immer größere Bandbreite der Gesellschaft an und finden Anhänger, die sich ihrem Projekt anschließen.

Während die Truppen sich der direkten Gefahr aussetzen, sammeln die anderen weitere Beweise, die das System brechen. Sie fliehen mit dem Material und werden nicht angehalten, da sie getarnt sind. Es ist ein Katz - und Mausspiel mit den Polizisten, die immer mehr an ihre

Grenzen geraten. Fiona und Sebastian schlossen sich der Truppe der Bewegung an und fordern ihre Rechte wieder zurück. Mit Enthusiasmus und intelligenter Rede erreicht Fiona die Masse und wird zu einem Vorbild für viele Jugendliche und vorallem die Studenten. Mit Plakaten und Lautem Rufen zeigt sie ihrem Unmut Gesicht und scheut sich nicht den Polizisten gegenüberzutreten. Sie hat ihre Angst vor deren Macht verloren und somit ihre eigene Freiheit wieder gewonnen. Sie zieht selbstsicher durch die Straßen und ist bereit für ihre Werte zu sterben. Mit Sebastian an ihrer Seite treten sie den bewaffneten Beamten gegenüber und fordern sie auf, diesem Irrsinn ein Ende zu setzen. In weiteren Ecken der Stadt kommen weitere Truppen der Rebellen zusammen, bis sie die gesamte Stadt einnehmen. Die Polizisten werden eingekesselt und erleben eine Energie, mit der sie nicht gerechnet haben. Inzwischen sind sie in der Unterzahl und haben ihre Überlegenheit verloren. Das Einzige was ihnen noch Macht verleiht, sind ihre Waffen, die sie zeitnah zum Einsatz bringen. Genauso wie sie es bei Samantha getan haben. Doch die Furcht der Manifestanten ist erloschen und sie haben sich zu einer Größe zusammengeschlossen, die nicht zerstört werden kann.

Die Menschen haben nichts mehr zu verlieren. Ihre Kühlschränke sind leer, das Geld ist knapp und die Freiheit haben sie verloren. Welchen Sinn hat ihr Leben noch? Welches erbärmliche Dasein werden sie führen, wenn sie nicht um ihre Werte kämpfen. Macht es noch einen Unterschied, ob sie tot oder lebendig sind? Sind sie nicht schon lange tot und existieren nur wie ferngesteuerte Wesen? Was bedeutet Leben? Sind sie nicht das Leben selbst, welches sich auf eine Aufmerksamkeitsspanne richtet? Sie kommen mit nichts auf diese Welt und sie werden die Welt mit nichts verlassen. Was haben sie zu verlieren, wenn sie scheitern? Ein elendiges Dasein, welches ausgelöscht werden will.

8

Am Himmel ziehen dunkle Wolken auf und kündigen Regen an. Ein Schuss ist zu hören, im nächsten Moment geht ein Auto in Flammen auf. Sebastian zündete verschiedene Gegenstände an und lenkte die Polizei auf sich, um Fiona zu schützen. Die junge Frau ist eine echte Anführerin und löst Ängste in den Polizisten aus, da sie sich nicht mehr einschüchtern lässt. Aus deren Lieblinssklavin ist eine Revoluzerin geworden, die ein Zeichen in der Welt setzt. Aus Angst, sie ebenfalls zu verlieren, lenkt er die Aufmerksamkeit auf sich und hofft sie beschützen zu können. In einem Augenblick, während die ersten Tropfen auf ihr Gesicht prallen, wird ein Schuss gelöst und trifft Sebastian in die Schulter. Der junge Mann bricht zusammen und Blut strömt aus seinem Körper heraus.

Fiona erstarrt für einen Moment und rennt über die Straße auf die andere Seite, um an Sebastians Seite zu sein. Sie beugt sich über ihn und Tränen fließen ihre Wangen entlang. Zärtlich hält sie seinen Kopf fest und versucht die Blutung zu stoppen. Er benötigt dringend einen Arzt.

Fiona fürchtet um sein Leben und der tiefe Schmerz hält ihren Körper gefangen. Sebastian streichelt zärtlich ihre Wangen und blickt sie mit seinen sanften, blauen Augen an. „Es ist nur ein Schuss in die Schulter, mache dir keine Sorgen." Fiona weint und schluchzt. Ihre Verzweiflung hat eine neue Dimension erreicht und bringt ihre langverborgenen Gefühle zum Ausdruck. „Ich liebe dich, Sebastian." Sie offenbart ihm ihre Gefühle und hofft, dass er seine Verletzung überleben wird. Ihre Hände sind zum Gebet gefaltet und sie hofft auf die Unterstützung des Kosmos, nicht auch ihre Liebe zu nehmen. Samantha, Eva und viele andere, die bereits ihr Leben verloren haben, um eine bessere Welt zu errichten. Das Blut welches sie an ihren Händen trägt. Eva, die sich aus Reue selbst getötet hat und jetzt Sebastian, der sein Leben aufs Spiel gesetzt hat, um sie zu beschützen. Samantha die sich für die Freiheit geopfert hat.

Mit hoher Geschwindigkeit kommt ein Krankenwagen heran und versorgt Sebastian. Sie ziehen die Kugel aus seinem Schulterblatt heraus und stoppen die Blutung. Er wird für einige Tage im Krankenhaus bleiben müssen, bis seine Wunde weitesgehend geheilt ist.

Fiona weicht nicht von seiner Seite und wacht Rund um die Uhr an seinem Bett. Bisher ist er noch nicht aufgewacht.

Der behandelnde Arzt zeigt sich bei seiner Visite zuversichtlich und gibt Fiona die frohe Botschaft, dass seine Verletzung keine schwerwiegenden Folgen davontragen wird. Fiona ist erleichtert und es wird ihr bewusst, dass sie keinen Tag mehr ohne ihn sein möchte.

Sie reißt die Mauern um ihr Herz ein und lässt das längst verborgene Gefühl zu. Liebe. Sie liebt Sebastian und tausend Schmetterlinge tanzen in ihrem Bauch.

Während Fiona am Krankenbett wacht, organisieren sich die anderen Rebellen mit dem Transporter in einer abgelegenen Gegend, um dort eine eigene Welt aufzubauen. Jenseits von Strukturen und Überwachung, fernab von Kontrolle und Armut. Die Felder sind weit und bieten die Möglichkeit sich selbst zu versorgen. Eine Welt, die direkt neben der Dunkelheit basiert, dennoch auf einer anderen Schwingungsfrequenz existiert. Ein Gefühl von Freiheit und Selbstbestimmung kehrt zurück. Die Freude und das Lachen kehrt in ihre Gesichter zurück und belebt die trüben Augen mit neuem Lebensmut. Jeder der möchte, kann in ihre Welt folgen. Doch ein jeder muss für sich die Entscheidung treffen, in welcher Welt er leben möchte.

Es ist der Ort, den Sebastian mit kosmischer Hilfe gemalt hat. Das Maronental, welches für sie erkennbar war. Doch für die meisten Menschen ist es nicht greifbar.

Diese neue Welt wurde von Samantha entdeckt. Sie hat aus der jenseitigen Welt ihre Informationen an Sebastian weitergegeben, was er als Intuition betrachtet hat. Mit Hilfe von Fionas Feinfühligkeit, konnte sie ihren einstigen Plan doch noch durchsetzen, wenn es auch ihr Leben gekostet hat. Mit dem Erschaffen dieser Welt hat auch Samantha sich selbstverwirklichen können und das Licht zum Scheinen gebracht. Ihr Blick auf Sebastians Gemälde formte sich zu einem Lächeln, welches mit

Liebe und Freude erfüllt ist. Mit seinen Fähigkeiten zu malen, hauchte er gleichzeitig Leben in seine Bilder.

9

Sebastian wurde aus dem Krankenhaus entlassen. Fiona wich nicht einen einzigen Tag von seiner Seite. Sie hielt seine Hand und küsste ihn mit Leidenschaft und voller Hingabe. Ihre Lippen berührten sich und entfachten ein Feuer in ihren Seelen.

„Ich habe dir noch nicht erzählt, woher ich Eva kenne". Er schluckte schwer und berichtete Fiona, was unmittelbar nach ihrer Verhaftung geschehen ist. „Sie suchte mich auf, nachdem du in Gewahrsein genommen wurdest, und bat mich, dir ihren Brief zu geben. Im selben Zeitraum wurde Samantha erschossen und ich hatte nichts mehr zu verlieren. Doch zu Beginn lag der Brief nur bei mir herum. Ich hatte keine Kraft irgendetwas zu tun. Ich zog mich immer mehr zurück und wollte niemanden mehr sehen. Miro hat besonders mit dem Tod seiner Schwester zu kämpfen gehabt. Er gab mir die Schuld an ihrer Exekution. Er meinte, sie wollte mich beeindrucken und hätte sich deshalb dieser Gefahr ausgesetzt. Er kannte seine Schwester nicht gut. Sie tat immer nur das, wovon sie selbst überzeugt war, und so gründeten wir die Rebellen. Gleichzeitig hast du eine Studentenbewegung gegründet und für die Rechte der Menschen eingestanden. Eva wollte nicht, dass ich dich im Stich lasse. Es hat mir Kraft gegeben, mich aus dem Haus zu bewegen und nach dir zu suchen. Ich wollte in meinem Leben etwas richtig machen. Deshalb kam ich zu dir und kannte deinen Namen und Geschichte. Ich hoffe, du bist mir nicht böse, dass ich es dir nicht direkt erzählt habe. Ich habe auf den richtigen Moment gewartet. Und dann, als ich dich gesehen und kennengelernt habe, ist es um mich geschehen. Ich hätte nie gedacht, dass ich mich jemals wieder in einen Menschen verlieben könnte. Bis ich dir begegnet bin."

Sebastian lächelt sie an und zieht sie zu sich. Nichts in der Welt wird sie trennen können.

Freiheit bedeutet auch zu seinen Gefühlen zu stehen und ihnen freien Lauf zu gewähren. Angst verletzt zu werden, kesselt einen Menschen ein. Es legt einen in Ketten und steuert sein Handeln. Wahre Freiheit beginnt im Inneren. Es ist ein Bewusstseinszustand, den niemand von aussen einem wegnehmen kann.

Die Rebellen parkten mit ihrem Krankentransport vor der Tür und holten Sebastian und Fiona ab. Unbemerkt konnten sie in ihre eigene Welt fliehen und ein neues Leben aufbauen. Die Gesellschaft wächst kontinuierlich weiter und der Raum wirkt größer und größer. Es ist etwas magisches, was hier passiert und wofür man keine logischen Erklärungen findet. Manchmal ist es nur schön, wenn man sich an der Existenz erfreut und das Dasein genießt, anstatt alles rational erklären zu müssen.

Während sich die einen eine neue Welt aufbauen, geht eine alte zugrunde. Die Rebellen, die sich weiterhin im Widerstand befinden, werden auch ihren Weg ins

Maronental finden, um sich einer besseren Welt anzuschliessen.

10

Sebastian und Fiona bauen für sich gemeinsam ein kleines Tiny Häuschen, indem sie sich wohl fühlen und es ihnen an nichts mangelt. Sie leben in einer autarken Gesellschaft, die frei und unabhängig vom äußeren System besteht. Wie ein kosmischer Schutzschild scheint ihre Welt nicht von dieser zu sein.

Fiona und Sebastian setzen sich an einen Baum und blicken in einen traumhaften Sonnenuntergang, während zauberhafte Schmetterlinge in Freiheit um sie herumtanzen.

Ende

Teil 3

Spiegelwelten

1

Sie schaut in den Spiegel, doch was sie sieht gefällt ihr nicht. Tränen laufen ihre Wangen hinab und suchen den Boden auf, der bereits eine Pfütze bildet. Emily ist 20 Jahre alt und fühlt sich zu dick, obwohl ihre Silhouette einen schlanken Körper darstellt. Sie empfindet sich als pummelig, wie sie es so oft beteuert. Die Waage verziert das kleine Badezimmer und ist ihr engster Freund geworden. Doch meistens gibt er ihr den größten Grund wütend und traurig zu sein. Mindestens drei Mal pro Tag stellt sie sich auf die Waage und verzweifelt, wenn sie die Zahlen sieht. 45 Kilogramm bei einer Größe von 164 Zentimeter. Laut BMI ist sie bereits untergewichtig, doch Emilys Wahrnehmung spielt ein eigenes Spiel. Die junge Frau beschließt noch eine Runde am kühlen Herbsttag joggen zu gehen. Es ist bereits die dritte Runde für den heutigen Tag. Die bunten Blätter kräuseln um sie herum und tanzen in der von Nebel umhüllten Atmosphäre. Eine sanfte kühle Brise weht ihr ins Gesicht und verzerrt ihre Sicht. Mit eingefallenem Körper und zwanghafter Disziplin beendet sie ihre Runde nach 30 Minuten. Emily achtet nicht auf die Natur oder die Menschen, die ihr entgegenkommen, sie denkt nur an ihr Gewicht. In der Nacht lässt sie die Fenster offen und legt die Decke zur Seite, sodass ihr nackter Körper friert. *Auf diese Weise werden Kalorien abgebaut*, sagt sie sich und wartet schon sehnsüchtig auf die Waage, um zu schauen, ob sie es sich verdient hat wieder etwas zu essen.

Am nächsten Morgen klingelt ihr Handy. Es ist ihre Mutter Isabella, das letzte Mal haben sie vor zwei Wochen miteinander gesprochen. Isabella wurde früh mit

24 Jahren schwanger und zog ihre Tochter allein groß. Emily hat ihren Vater nie kennengelernt und fühlte sich seit ihrer Kindheit an nicht geliebt. Womöglich führte es zu ihrer Einstellung nicht gut genug zu sein, es nicht Wert zu sein geliebt zu werden. Ihr eigener Vater konnte es nicht und hat sich aus dem Staub gemacht. Ihre Mutter war überfordert und versuchte den Haushalt so weit wie möglich zu kontrollieren. Kontrolle, etwas was Emily ihr ganzes Leben lang beschäftigt. Vielleicht hat sie aus diesen Gründen ihr Studium gewählt. Physik und Chemie, Naturwissenschaften, um das Universum zu verstehen und kontrollieren zu können. Hier gibt es nicht wie in der Pädagogik und Literatur mehrere Möglichkeiten und Interpretationen, sondern Fakten, mit denen man arbeiten kann. Emily war schon als Kind sehr intelligent und wissbegierig, zugleich aber auch verschlossen und in sich gekehrt. Sie zeigte sich stets von ihrer ruhigen und angepassten Seite, doch in ihrem Inneren brodelte ein Vulkan, den sie zu kontrollieren versuchte. Ein Innenleben vollkommen unterdrückt, welches ihre Lebendigkeit begräbt. *Wann fühlte sie sich das letzte Mal lebendig? „Hey Schätzchen, wie geht es dir*, fragt ihre Mutter pflichtbewusst. Emily

ist kurz angebunden und erwidert, dass alles in Ordnung ist und sie sich jetzt vor bereiten muss für die Universität. Dann legt sie auf und atmet kurz durch. Bevor sie unter die Dusche springt, stellt sie sich erst einmal auf die Waage, um zu schauen, ob ihre gestrige Disziplin Früchte getragen hat. 44, 7 KG zeigt ihre ständige Begleiterin an. Ein sanftes Lächeln umschmeichelt ihren zarten Mund, als sie sich mit kühlem Wasser abduscht.

Nachdem Emily aus dem Badezimmer kommt, wählt sie eine enge Jeans und eine schwarze Bluse, um bereit zu sein für das neue Modul Experimentale Physik, für welches sie sich eingeschrieben hat. Es ist ein spannendes Fach, worin sie sich verlieren kann und ihre Interessen geweckt werden. Sie hatte schon immer eine Leidenschaft für Experimente und das Universum zu entschlüsseln. Vielleicht wird sie eines Tages auch sich selbst erkennen und zu sich finden. Doch schnell werden diese Gedanken wieder vergraben.

Angekommen in ihrem Seminar begegnet sie der aufmüpfigen und lebensfrohen Tatjana, die sich neben sie setzt und ein Ohr abknabbert. *Hört sie denn nie auf zu reden*, denkt Emily und schenkt der Kommilitonin ein unsicheres, aufgesetztes Lächeln.

In diesem Modul geht es einmal um den bedeutenden Physiker Faraday. Er gehört zu einer der favorisierten Physiker von Emily, der besonders für seine experimentellen Entdeckungen in der Elektrodynamik bekannt ist. Seine anschauliche Interpretation als Feldtheorie (Faradaysche Kraftlinien), welche von James Clerk Maxwell bei der Formulierung der Maxwell-Gleichungen beeinflusste. Weitere wichtige Beiträge leistete er unter anderem zur Elektrolyse, dem Einfluss von Magnetfeldern auf Licht und damit dessen elektromagnetischem Ursprung (Faraday-Effekt), dem Faraday-Käfig und Magnetismus (Diamagnetismus, Paramagnetismus). Ebenso ist die Kapazitätseinheit Farad nach ihm benannt. Tief versunken in der Materie der Elektromagnetischen Induktion bekommt Emily nicht mit, wie sie von anderen Studenten angestarrt wird.

Während sich das Seminar dem Ende neigt, packt Tatajana ihre Schokolade heraus und bietet Emily ein Stück an. Emily verzieht erschrocken das Gesicht und verschwindet aus dem Klassenraum und lässt Tatjana mit erstaunten Blicken zurück. *Was hat die denn für ein Problem*, denkt Tatjana und widmet ihr Dasein den anderen Studenten, mit denen sie am Abend noch um die Häuser zieht, um das Nachtleben auszukosten.

Zu Hause angekommen wirft Emily ihre Tasche auf ihr Bett und verflucht den Tag, der sie aus der Bahn geworfen hat. Tatjana meinte es nur gut, indem sie ihr eine Schokolade anbot. Doch weiß sie nicht, welche Disziplin und Anstrengung es für sie erfordert, dem zu widerstehen. Seit Jahren kontrolliert Emily ihr Essverhalten und Süßigkeiten sind ein absolutes Tabu. Zwischendurch überfällt sie plötzlich auftretende Hungerattacken, die sie dazu veranleiten sich mit Fastfood und Süßigkeiten bis zum Erbrechen vollzustopfen. Mit ihren ansonsten weiten Kleidungsstücken kaschiert sie ihre abgemagerte Figur, die sie selbst als zu dick empfindet. Aber sie ist intelligent genug, um zu wissen, wie ihr Umfeld auf ihr Körper reagiert. Ihre Freundin Linda wirkte des Öfteren besorgt, als Emily immer dünner und die Knochen bereits aus ihrem zerfallenen Körper sichtbar wurden. Emily hingegen war stolz darauf so dünn zu sein und schätzte ihre Disziplin und Kontrolle als positive Attribute ein, um ihr Essverhalten zu kontrollieren. Dabei sind es nicht nur die Essgewohnheiten, sondern auch ihre Ängste und Emotionen, die sie über das Essen versucht zu beherrschen. Phasenweise ist es ihr durc haus bewusst und sie weiß, dass sie ein großes Problem hat. Doch auf der anderen Seite wischt sie die kritische Stimme in ihrem Inneren wieder weg, wie wenn sie Staub wischt. In der Gesellschaft versteckt sie sich hinter weiter Kleidung, die ihre knochige Haut bedeckt, um keinen Grund zum Aufsehen zu erregen. Sie spielt eine Rolle, die sie selbst nicht ist. Ihr wahres Ich wird immer mehr unterdrückt, bis nichts mehr von ihr übrig bleibt. Es erscheint, als habe die Krankheit völligen Besitz von ihr ergriffen. In ihren einsamen Nächten schreit ihre Seele durch sie hindurch, um sie aufzuwecken. Doch Ana (Anorexie) ihre inzwischen beste Freundin, mit der sie selbst schon Zwiegespräche führt, bringt sie wieder auf den Pfad der Selbstzerstörung zurück. Allzu oft hörte sie Linda in ihrem Kopf herumspuken, wie sie versucht sie zu einer Therapie zu bewegen und sich professionelle Hilfe zu suchen. Doch Emily weicht ihr jedes Mal aus und gibt vehement zu verstehen, dass mit ihr alles in Ordnung ist und sie sich aus ihren Angelegenheiten heraushalten soll. Mit Linda hat sie ihren Kindergarten und Jugendzeit verbracht, bis ihre Erkrankung sie auseinandersplittete. Harmlose Lügen, die sich immer wieder einschlichen und das Doppelleben, welches mit einer hervorragenden Inszenierung gespielt wurde. Man kann es mit Alkoholismus und Drogensucht vergleichen. Die Mechanismen sind sehr ähnlich. Die Betroffenen versuchen, ihre Krankheit vor anderen zu verbergen. Sie verstricken sich in Lügen, und beginnen, ihre Familie, Freunde und Mitmenschen zu manipulieren. Letztendlich führt es zu einem Kontaktabbruch und der Zerstörung von Freundschaften. Jetzt hat Emily noch Ana, die ihr Tag und Nacht beisteht und sie durch ihr weiteres Dasein führt. Zwei Persönlichkeiten, während die eine krampfhaft versucht an die Oberfläche zu dringen und wieder im Teich der Verzweiflung ertränkt wird. Emily, hochintelligent, aber nicht reif und weise genug, um ihr Leben zu managen und Krisen zu bewältigen. Das tut Ana für sie.

Wenn die Waage zu viel Gewicht anzeigt, müssen weitere Maßnahmen her. Ana, die Stimme in ihrem Kopf zeigt ihr den Weg. Es tut auch gar nicht weh. Du musst dir nur den Finger in den Hals stecken und kotzen. So verlierst du auch an Gewicht, ohne immer auf jede Kalorie achten zu müssen. Emily zögert nicht lange und beugt sich über die Toilettenschüssel, um alle Giftstoffe auszuspucken, die ihr Ideal zerstören. Mit diesen Mitteln kann sie ihre Erkrankung noch besser in der skeptischen Gesellschaft verbergen. Das nächste Mal nimmt sie gerne und dankend Schokolade an und erbricht sie einfach wieder. Ana hat immer zur richtigen Zeit, die richtigen Worte und Lösungen parat. Emily beginnt, die Kontrolle immer mehr an Ana abzugeben und sie ihr Dasein kontrollieren zu lassen. Ana ihre Erkrankung, bestimmt ihr Leben, wie die Drogen oder der Alkohol das Leben der Abhängigen bestimmt. Sie ist ein Sklave ihres eigenen Geistes, ohne sich dessen bewusst zu sein. Der Abgrund führt immer tiefer in die Dunkelheit, wo das Licht verschluckt wird. Doch aus jeder Dunkelheit wird das Licht erst geboren.

Auf diese Weise entwickelte Emily nicht nur ihre Anorexie, sondern auch Bulimie. Eine Kreuzung zwischen zwei Erkrankungen, die ein und dasselbe Ziel verfolgen. Wenn Emily sich im Spiegel betrachtet findet sie überall Speckröllchen und Fettmassen, die es zu vernichten gilt. Dabei schauen bereits die Knochen aus ihrer Haut heraus. Ihre Wahrnehmung spielt ein diabolisches Spiel mit ihr aus dem es kein Zurück mehr gibt. Emily hat bereits viele Freunde aufgegeben, nur Ana zuliebe. Immer wieder flüsterte sie ihr ins Ohr wie gefährlich ihre Freunde doch seien und sie nur in den Abgrund stoßen wollen. Dass ihre Weggefährten ihre Pläne durchkreuzen und sie zerstören wollen. Emily kann Wahrheit nicht mehr von Lüge unterscheiden und vertraut Ana immer mehr und zerfällt weiter dem Wahnsinn.

Viele Models werden magersüchtig, weil sie ein Ideal zu erfüllen haben. Ihr Leben, Körper und Essgewohnheiten werden von außen kontrolliert, damit die Frauen eine Vorstellung erfüllen, wie sie zu sein haben und welche Rollen sie erfüllen müssen. Doch Emily hatte nie den Wunsch ein Model zu werden. Sie hat als Kind schon lernen müssen ihre Gefühle zu kontrollieren und eine beherrschte Person zu sein. Sie hat auch ein Ideal zu erfüllen, wie die Models auch, aber auf eine völlig andere Art und Weise. Es ist so vielfältig, dass man es nicht in denselben Topf werfen kann. Das Leben wird aber bei beiden Varianten dominiert und in beiden Fällen geht es darum die Herausforderung anzunehmen und eine Frau mit Persönlichkeit zu werden.

Selbstliebe war für Emily immer ein Fremdbegriff. Doch wenn sie sich selbst nicht liebt, wer soll es denn dann tun? Ihre erste große Liebe trennte sich von ihr, weil er keine Gefühle mehr für sie pflegte. Emilys Herz zerbrach, hat sie sich doch voller Enthusiasmus in die Beziehung hineingestürzt, um dann herzzerbrochen zurückgelassen zu werden. Sie suchte Fehler bei sich und schwamm in Minderwertigkeitsgefühlen. Sie war aber nicht bereit, die Verantwortung für ihre Gefühle zu tragen, um zu verstehen, was die Ursache war und nach welcher Sehnsucht sie verzweifelt nachhing. Im Gegenteil, sie suchte im Außen und rechtfertigte ihre Erkrankung mit anklagenden Vorwürfen: «Du hast mich verletzt, wegen dir bin ich traurig.» oder «Du gehst mir auf die Nerven, lass mich in Ruhe.»

Dabei gilt es nicht zu gucken, was jemand falsch gemacht hat, sondern wem sie ihre Liebe schenkt. Innerlich fühlt sie sich leer und ausgebrannt, wie kann sie denn jemandem Liebe schenken, wenn sie keine in sich trägt? Das Gesetz der Resonanz besagt, dass jeder Mensch das anzieht, was er ausstrahlt. Die Synchronizität des Kosmos, welches Emily in ihrem Physikstudium kennenlernen möchte. Dabei kennt sie sich selbst nicht. Ihre Welt dreht sich um die eigene Achse aus Kontrolle und Angst. Das Rad dreht sich immer weiter, bis sie vollkommen erschöpft ist oder aus dem Rad ausbricht. Die Wahl liegt bei ihr. Der Schlüssel, um ihrem Leben eine Wende zu geben, liegt ganz allein in ihrer Hand. Doch Emily möchte davon nicht viel wissen. Die Nacht ist noch nicht schwarz genug, um die Dämmerung herbeizuwünschen.

Am nächsten Tag beginnt die junge Frau ihr übliches Training. Zuerst eine Runde Jogging durch den Wald. Dort kann sie frische, kühle Luft inhalieren und zahlreiche Kalorien abbauen. Anschließend Fitnessübungen und Krafttraining, um einen sportlichen

Eindruck zu hinterlassen. Dann stellt sie sich auf die Waage und entscheidet anhand des Gewichts, ob sie etwas essen darf oder nicht. Regelmäßige Fastentage gehören ebenfalls zu ihrer Normalität. Dass ihr Körper immer kränklicher wird, merkt sie zu Beginn nicht.

Emily ist viel zu sehr damit beschäftigt, wie sie weiterhin Gewicht verlieren kann. Sie erinnert an einen Heroinabhängigen, der nach dem nächsten Schuss auf der Lauer ist. Das hält auf Dauer kein Mensch aus, sodass ihr Freund sich von ihr trennte. Kommentare, wie „du bist aber arg dünn, du musst mehr essen", hörte sie von ihrem Freund ständig. Eines Tages fand er sie nicht mehr attraktiv und wendete sich angewidert ab. Das hätte ihr die Augen öffnen müssen, stattdessen wurde es immer schlimmer. Inzwischen lebt Emily in ihrer eignen Welt, in der kein Platz mehr für Freunde ist. Ihre Krankheit ist ein Teil ihrer Identität, während Ana den größten Teil ihrer Persönlichkeit ausmacht und Emily lediglich als ein Mitbringsel erscheint.

2

Es begann vor einigen Jahren, als Emily 14 Jahre alt. Zuvor schon hatte sie über das Essen versucht Verhaltensweisen zu kontrollieren und auf sich aufmerksam zu machen. Als Kind war es ihr nicht bewusst, mit welchen Mitteln ihre Seele nach Hilfe schreit. Aber auch das Umfeld hat die Signale nicht wahrgenommen und verstanden. So wurde es stetig schlimmer, bis sie im Alter von 14 Jahren immer dünner wurde und phasenweise nur ein Apfel pro Tag aß, um Gewicht zu reduzieren. Möglicherweise dachte sie, mit dem Verlust von Gewicht würden auch die dunklen Gedanken und Gefühle reduziert werden, doch das genaue Gegenteil war der Fall. So begann das Leiden seine Kreise in Emilys Leben zu ziehen. Sanfte, spiralförmige Kreise die immer stärker und sicherer wurden. Bis sie selbst immer weiter in den Linien verschwand. Zu Beginn war sie sehr stolz weiter abzunehmen, man könnte es beinahe als Arbeit vergleichen. Wert durch Leistungskonditionierung, nur dass die Arbeit, die Leistung in Emilys Fall die Gewichtsreduzierung war und das Abnehmen ihr Wert darstellt. Um es einfacher auszudrücken, umso mehr Gewicht sie verliert, umso geliebter wird sie und umso mehr ist sie Wert. Im Sportunterricht konnte sie dann nicht mehr annähernd so viel leisten, wie ihre Mitschüler und die ersten Sprüche sprudelten aus deren Münder. „Du bist so dünn und mager geworden. Du bist ein Spargeltarzan, iss bitte mal etwas. Deine Knochen gucken heraus." Fast täglich wurde sie verspottet, dabei dachte sie mit Gewichtsabnahme Freunde zu finden. Im Sportunterricht wurde sie mehr oder weniger ausgeschlossen. Aus diesem Grund treibt sie jetzt Sport wie eine Verrückte und zwingt sich noch eine Runde zu laufen, selbst wenn ihr Körper Stop schreit und fast zerfällt. Emily litt sehr in dieser Zeit und zog sich emotional zurück und wurde immer labiler.

Emily war sehr verletzt und füllte ihre innere Leere mit Süßigkeiten, Kuchen, Kekse und Fast Food, welche sie mengenweise in sich hineinstopfte, bis sie sich übergeben musste. Danach fühlte sie sich noch elender und die ersten Depressionen machten sich bemerkbar. Der Selbsthass wuchs und sie konnte sich nicht mehr im Spiegel betrachten. Ihre psychischen Probleme und Sehnsüchte können nicht im Außen gestillt werden, sondern nur in ihrem Inneren, wo sie ihren Ursprung haben. Für Emily ist dies ein besonders harter, einsamer und schmerzhafter Weg. Seit so vielen Jahren läuft sie vor sich selbst weg und versucht sich in der Außenwelt zu finden.

Sie merkt nicht, wie sie weiterhin in diesem Hamsterrad läuft, um auf diese Weise ihr Überleben zu sichern. Jahrelange Manifestierung unsinniger und selbstzerstörerischen Gedanken und Selbsthass.

Es ist ihr nicht bewusst, dass es sich um Strategien ihrer Seele handelt.

Jeder Mensch geht anders mit Problemen um. Die einen drücken ihre Gedanken und Gefühle auf kreativer Art aus und befreien sich von dem geistigen Müll, den sie mit sich herumtragen. Andere wiederum greifen zu Drogen oder Alkohol, feiern bis zum Umfallen und andere kontrollieren sich über das Essen, und zeigen der Außenwelt wie schlecht es ihnen geht. Um deren Aufmerksamkeit zu sichern, müssen sie jedoch immer weiter in den Sumpf hinabgleiten, um die zärtliche Fürsorge aufrechtzuerhalten. Emily gehört zu der Kategorie, die ihre Störung verheimlichen will und nicht erkennt, dass sie Hilfe braucht. Ihre Wahrnehmung ist sehr beeinträchtigt, sodass sie kaum noch jemanden an sich heranlässt. Sie lenkt sich mit ihrem Studium ab, womit sie sich von ihrer intellektuellen Seite zeigt, der man psychische Störungen nicht zutraut. Intelligente Menschen werden nicht krank, clevere Geschöpfe sind reflektiert und handlungsfähig. Doch Emily weiß im Inneren, dass dies nicht der Wahrheit entspricht. Vor allem sind es intelligente Wesen, die in dieser Gesellschaft zu kämpfen haben und nicht immer die emotionale Stärke besitzen, um durchzuhalten. Es sind vorallem gerade die Hochbegabten, die mit Emotionen Schwierigkeiten haben und sich nicht abgrenzen können. Der einzige Unterschied besteht darin, dass intelligente Menschen es besser zu verstecken wissen. Tiefgründige Jugendliche werden nur allzu oft von der Gruppe ausgeschlossen, weil sie als suspekt gelten. Selbstbewusst darüber zustehen schafft nicht jeder, ganz gleich wie hoch sein IQ auch sein mag.

3

Am nächsten Morgen ist wieder Seminar, wo sie über Max Planck sprechen werden. „*Alle Materie entsteht und besteht nur durch eine Kraft. So müssen wir hinter dieser Kraft einen bewussten, intelligenten Geist annehmen. Dieser Geist ist der Urgrund aller Materie.*"

Max Planck, der Begründer der Quantenphysik. Er beschreibt mit seinen Worten ein universelles Energiefeld, welches die gesamte Schöpfung miteinander verbindet. Viele bezeichnen dieses universelle Feld als Matrix. Sie ist unsere Welt, sie beinhaltet auch alles in unserer Welt. Auch wir selbst und alles was wir lieben, hassen, erschaffen und erfahren. Wir bringen unsere Leidenschaft, Gefühle, Gedanken auf die Leinwand, welche wir für die ultimative Realität halten. Dabei sind wir selbst die Leinwand, die Bilder und die Farbe auf der Leinwand. Wir sind verbunden mit dem Schöpfer und dem Geschöpften. Wir sind eins. Emily genießt es dem Dozenten bei diesem Vortrag zuzuhören und beginnt zu träumen. Abdriften in eine andere Leinwand, wo Wünsche erfüllt werden, die nicht durch ihr Unterbewusstsein beerdigt werden. Ist es wirklich so, dass sie sich all das selbst erschaffen hat? Ist sie für ihr Leid selbst verantwortlich? Vielleicht ergründet sie mit dem Willen das Universum zu verstehen, auch sich selbst näher zu kommen. Und zu erfahren, dass sie kein Opfer der äußeren Umstände ist, sondern der Drahtzieher selbst. Aber irgendetwas in ihr wehrt sich gegen diesen aufkeimenden Gedanken, der sich wie Unkraut in ihr Seelenleben einnistet und zum Erblühen entfaltet. Man würde dies als Bewusstsein bezeichnen. Doch die penetrante Stimme in ihr, bringt sie schnell wieder von der Erkenntnis ab und fordert sie auf, weiterhin in der Opferhaltung zu verharren. Zwei Seelen in einem Körper bedeutet, dass früher oder später ein Teil von ihr abgeschnitten wird und stirbt.

Als Emily wieder hochblickt und ihre Gedanken zu kontrollieren versucht, erkennt sie Fabian der sie schüchtern anlächelt und sich wieder umdreht. Emily lächelt zurück und empfindet eine zarte Energie zwischen ihnen beiden, die sie leicht erröten lässt. Ist es das was unter Anziehung verstanden wird? Fabian ist ein hübscher Junge, der mit seinen dunklen Haaren und lässiger Kleidung nicht durch die Masse hervorsticht, dennoch als attraktiv bezeichnet werden kann.

Nach dem die Stunde zu Ende ist, bewegt er sich langsam auf sie zu und verliert seine Worte, als er vor ihr steht. Er ist schüchtern, denkt Emily und findet den Gedanken daran niedlich und sympathisch. Sie lächelt ihn an und beginnt mit ihm zu sprechen, was ihn sichtlich beruhigt und ihm hilft seine Worte wieder zu finden, als er sie fragt gemeinsam etwas trinken zu gehen und für das Seminar zu lernen. Emily nickt ihm zu und freut sich eine positive Bekanntschaft gemacht zu haben. Sie spaziert freudestrahlend nach Hause, wo ihre Waage wieder auf sie wartet, um sie zu reglementieren.

Seine braunen, verträumten Augen verfolgen Emily bis in den Schlaf hinein. Ein Gefühl, welches sich in ihr aufkeimt, eines dass sie längst für tot hielt. Sie kann noch fühlen. Sie kann noch lachen und sich sehnen. Es ist noch ein Funken Leben in ihr, das ausgekostet und erfahren werden will. Ana hat sie noch nicht besiegt und vollkommen zu Grunde gerichtet. Aber sie ist stark und wird immer stärker, sofern sie ihr kein Einhalt gebietet. Emily wächst in Widersprüchen und Spaltungen, die es ihr unmöglich machen Klarheit zu finden. Ein abgespaltener Mensch kann niemals glücklich sein, da er sich nicht im wahren Sein befindet. Sie unterscheidet sich nicht von den Schizophrenen, es ist die Gleiche Krankheit nur mit einem anderen Etikett. Wen soll Fabian kennenlernen? Die wahre Emily oder ihr anderes Ich welches von Ana gesteuert wird? Wie wird sie sich ihm zeigen? Manipuliert sie ihn oder ist sie aufrichtig und öffnet sich ihren Gefühlen und Gedanken? Ist sie in der

Lage der Liebe eine Chance zu geben? Ist sie überhaupt bereit, sich mit ihm zu treffen und ihn an sich heranlassen? Es ist immer gefährlich, jemanden nah an sich zu lassen, mahnt Ana sie mit einer tadelnden Stimme in ihrem Kopf.

4

Emily ist müde und versinkt in einen traumlosen Schlaf. Schlafen ist auch eine gute Methode, um nicht an das Essen denken zu müssen. So kann sie Zeit sparen und muss sich nicht mit quälenden Aufforderungen auseinandersetzen.

Der nächste Morgen machte mit einem lärmenden Wecker auf sich aufmerksam und weckte Emily aus einem schönen Traum. Wie gerne hätte sie noch weitergeschlafen, um sich den schönen Bildern hingeben zu können. Sie träumte von Fabian, wie er zärtlich ihre Hand hält und anlächelt. Als sie ihre Augen öffnet, ist sie allein in ihrem Zimmer und es scheint ein gewöhnlicher Tag wie sonst auch zu sein. *Immerhin erfahre ich Liebe und Schönheit noch in meinen Träumen,* denkt Emily und steht auf. Ihr Körper ist schwach und sie kann sich kaum auf den Beinen halten. Mühsam kämpft sie sich ins Badezimmer um ihre alte Freundin, die Waage wieder zu sehen. Nur 300 Gramm hat sie abgenommen. Dabei hat sie sich doch so viel mühe gemacht, um weitere Fortschritte zu machen. Im Spiegel wird sie dann auch von Ana ermahnt, sich mehr zu disziplinieren. Wie eine strenge Lehrerin erscheint sie in ihrem eigenen

Spiegelbild und zeigt ihr die Stellen, die abgespeckt werden müssen. Dabei ist Emily bereits schon viel zu dünn.

Mühsam kämpft sie sich in ihrem erschöpften Zustand in die Uni und spürt, wie es ihr zunehmend schwer fällt sich zu konzentrieren. Auch ihr hochintelligenter Geist leidet unter ihrer körperlichen Müdigkeit. Sie gibt sich Mühe und zeigt sich bis zum Ende des Seminars diszipliniert und lässt sich ihre Qualen nicht anmerken. In der hinteren Reihe sitzt Fabian, der sie die ganze Zeit anschaut. Als sie zur Tür hinaus gehen, hält er sie zurück und fragt sie, ob ihre Verabredung noch steht. Emily sagt zu, obwohl sie am liebsten in ihrem Bett verschwinden würde.

5

Das Café ist sehr modern und gemütlich eingerichtet. Es findet sich eine Sitzecke und Sessel wieder, was vom Stil her sehr an Starbucks Café erinnert. Auch die Bedienung ist sehr freundlich und schenkt den beiden ein Lächeln, während sie die Bestellung aufnimmt. Emily bestellt sich einen Cappuccino und Fabian wählt eine Cola. Schon beim Anblick der Sahne überfällt sie das schlechte Gewissen und Ana ermahnt sie streng in ihrem Kopf mit ihrem Schuldkomplex. Für einen Moment war sie abwesend. Fabian starrte sie an und fragte sie wiederholend, ob alles in Ordnung sei? „Ja, alles bestens," sagte Emily. Sie unterhalten sich vor allem über das Seminar, Quantenphysik und die Relativitätstheorie. Fabian gibt sich als großen Fan von Stephen Hawking und Nikola Tesla zu verstehen, was Emily noch mehr beeindruckt. Vorallem seine Arbeiten zum Transzendentalismus und Metaphysik übt eine Faszination auf Fabian aus. Auch er möchte wie Emily das Universum in all seinen Facetten verstehen. So kommt es, dass die beiden Studenten sich intensiv über die Naturgesetze unterhalten und die Zeit vollkommen aus dem Blick verlieren. Emily hat während der Zeit nicht mehr an die überschäumenden Kalorien gedacht und sich seit langer Zeit unbeschwert gefühlt. Nachdem Fabian die Rechung beglichen hat, begleitet er sie noch nach Hause und verabschiedet sich vor ihrer Wohnungstür.

Nachdem die Tür ins Schloss gefallen ist, kann sie sich ein Lächeln nicht mehr verkneifen.

Emily fühlt sich zu dem smarten Jungen hingezogen und spürt wie die ersten Schmetterlinge in ihrem Bauch tanzen und ihren Körper noch mehr aus der Bahn werfen. Im Gegensatz zu den Schmerzen und der Müdigkeit fühlt sich dies gut an und versetzt sie in einen Zustand der Glückseligkeit. In solchen kurzen Momenten vergisst sie sogar Ana und ihre Sorgen um ihr Gewicht.

In letzter Zeit verbrachten Emily und Fabian immer mehr Zeit miteinander. Von ihrer Magersucht scheint der junge Mann bisher nichts gemerkt zu haben. Sie lernen gemeinsam, gehen ins Kino und verabreden sich zu Spieleabenden mit Fabians Freunden. Es ist eine Clique, die aus 4 Jungen und 3 Mädchen besteht. Studenten, die unterschiedlicher nicht sein könnten. Marie ist 24 Jahre alt und leicht übergewichtig. Es scheint sie jedoch nicht sonderlich zu stören. Sie macht einen sehr selbstbewussten Eindruck auf Emily und treibt sie mit ihren spitzen, sarkastischen Bemerkungen des Öfteren in die Enge. Nicht immer weiß Emily auf ihre Rhetorik zu reagieren. Sie zwingt sich ein Lächeln auf und macht eine gute Miene zum bösen Spiel. Die anderen sind unkomplizierter und einfacher gestrickt. Es ist für Emily kein Problem sie zu manipulieren und hinters Licht zu führen. Doch bei Marie fühlt sie sich unsicher und hat das feine Gespür, als könnte sie durch sie hindurchblicken und ihre Gedanken lesen. Als Marie dann auch auf ihre schlanke Figur zu sprechen kommt, und sie witzelnd als magersüchtig bezeichnet, wird Emily fast schlecht. Hat sie ihre Erkrankung etwa durchschaut? Ist es so offensichtlich, dass mit ihr etwas nicht stimmt? Schließlich will sie nicht auffallen und schon gar nicht, dass Fabian etwas von ihrer Störung wahrnimmt. Emily spürt, wie sie leicht errötet und lächelt.

Die Spiele handeln meist von Fantasiespielen, die an Computerspiele angedockt sind und verschiedene Rollen beinhalten. Für Emily ist das alles sehr uninteressant und sie langweilt sich. Viel lieber wäre sie mit Fabian allein und würde sich mit ihm über Metaphysik und das Universum unterhalten.

Ein anderes Mädchen in der Runde heißt Nadia. Sie ist ein hübsches Mädchen mit braunen, langen Locken. Sie hat wunderschöne Haare, sehr natürlich und studiert Literaturwissenschaft. Mit dem Intellekt von Emily kann sie nicht mithalten, aber sie ist durchaus kritisch denkend, verschwendet ihre Gedanken lieber in hoffnungslosen, romantischen Liebesgeschichten. Im Vergleich zu den anderen hält sie sich eher zurück und macht einen verschwiegenen Eindruck. Eine geheimnisvolle Aura umgibt das Mädchen und sie ist etwas Besonderes, denkt sich Emily.

6

An einem Samstag Morgen, als Emily und Fabian sich erneut zum gemeinsamen Lernen verabredeten, umhüllt sie einen geheimnisvollen Schleier der Zärtlichkeit. Sie blickten sich tief in die Augen und ihre Lippen berührten sich. Es fühlte sich an, als würde die Erde beben und alles um sie herum geriet in Vergessenheit. So auch Emilys Essstörung. Bis zu dem Moment, als Fabian sie langsam auszog und ihren fragilen Körper erblickte. Ihre Knochen ragten heraus und sie war nur ein Hauch von Nichts.

Fabian blickte sie weiterhin an und berührte sie zärtlich wie eine Blume, die er nicht brechen möchte. In diesem Moment wird ihm bewusst, wie zebrechlich auch ihre Seele ist. Sanft küsst er sie am ganzen Körper, umkreist ihre kleinen Brüste mit seiner Zunge und möchte am liebsten ihren toten Punkt wieder zum Leben erwecken. Er will sie retten, vor dem sicheren Tod. Er steckt all seine Liebe, Hoffnung, Wünsche in seine Liebkosungen und hofft, den lebendigen Funken wieder in ihrem Körper zu entfachen.

Nachdem sie sich zärtlich und sanft geliebt hatten, lag Emily in seinen Armen. Ihr Atem war gleichmäßig und ruhig. Ein Hauch von Friedlichkeit umgab ihr Wesen. Es ist lange her, seit sie sich so geborgen gefühlt hat. Niemals möchte sie diesen Moment loslassen. Sie möchte ihn festhalten und ihn zu ihrer Ewigkeit machen. Nachdem sie aufwachte, sprach Ana wieder in ihrem Kopf mit ihrer ermahnenden Stimme und dem Zwang sich zu wiegen. Das schlechte Gewissen und die Schuld, sowie Schamgefühle nahmen wieder überhand und zwangen sie aufzustehen und das Bad aufzusuchen. Mit zitterndem Körper stellte sie sich auf die Waage und erschrak über ihr Gewicht. 700 Gramm hat sie zu – anstatt abgenommen. Ihre Disziplin leidet, seit sie mit Fabian und seiner Clique abhängt. Mit tränenüberlaufendem Gesicht starrt sie in den Spiegel und hofft Ana zu entdecken, die ihr ein verzerrtes Selbstbild ihrer Wahrnehmung reflektiert. Hilflos und verzweifelt steckt sie sich ihren Finger in den Hals und erbricht bis sie von Übelkeit überrannt ist. Zusammenkauernd auf dem Boden liegend hofft sie auf eine baldige Erlösung aus ihrem Dilemma.

Das weiche Klopfen an der Tür schreckt sie für einen Moment hoch. An Fabian hat sie gerade nicht mehr gedacht. Sie wischt sich die Tränen ab und setzte ihr gekonntes Lächeln auf, als sie die Tür öffnet. Er ist ein herzensguter Junge, der nur ihr Bestes will und der festen Überzeugung ist, sie retten zu können. Wie naiv doch die Liebe einen Menschen macht.

7

Der Himmel ist grau und die dunklen Wolken drücken auf das Gemüt nieder, doch die Sonne kämpft sich im Laufe des Tages durch die Wolken durch und erwärmt die Erde. Die Strahlen leuchten auf Emilys Gesicht und zaubern ihre feinen Sommersprossen hervor. Die Sommersprossen, in die sich Fabian auf Anhieb verliebte. Sie machten ihr Gesicht zu etwas Besonderem, was ihn faszinierte. Was haben ihre Sommersprossen zu erzählen? Welche Geschichten verbergen sich hinter ihnen? Fabian ist fest entschlossen durch Emily bis in ihr tiefstes Sein hindurchzudringen. Er möchte jede Facette ihres Daseins erfassen und kennen lernen. Noch nie hat ein Mädchen ihn so sehr fasziniert wie Emily.

Die beiden spazieren durch einen großen Park, der in seinen grünen Farben leuchtet und Hoffnung aufblühen lässt. Obwohl Emily sich an der Seite von Fabian wohl fühlt und seine Hand sie festhält, fühlt sie dennoch eine tiefe Einsamkeit in sich, die jegliche Hoffnung in ihr auslöscht.

Fabian, der inzwischen nicht mehr von Emilys Seite weicht, beginnt selbst unter ihrer Magersucht zu leiden. Immer mehr zieht sie sich zurück, möchte nicht mehr berührt werden und versteckt ihren Körper unter weiter Kleidung. Auch ihr Wesen verändert sich mit jedem Kilo, den sie weiter abnimmt. So wurde aus dem freundlichen, ruhigen Wesen eine manipulative, impulsive Frau die nicht nur sich selbst, sondern auch Fabian mit runterzieht. Er wünscht sich nichts sehnlicher, als einen schönen gemeinsamen Grillabend mit seinen Freunden und Emily, doch ihre Zweifel und ihr Verhalten am Tisch setzen ihm sehr zu. So stocherte sie in einem grünen Salat herum und verschwand auf der Toilette, um sich zu erbrechen. Gemeinsam Essen gehen, in Urlaub reisen, mit Freunden etwas zu unternehmen ist nicht möglich. Ana hat derart Besitz von ihr ergriffen, dass das einstige Mädchen, in das er sich verliebte, aufhörte zu existeren. Sie ist mit jedem Kilo mehr verschwunden. Stück für Stück, Schritt für Schritt. Eine leblose Hülle, die wartet, bis sie ins Reich der Toten einkehrt. Der Leidensdruck den Fabian spürt, zerreißt ihn immer mehr. Es wird ihm von Tag zu Tag immer mehr bewusst, dass er Emily nicht helfen kann. Nur sie allein kann sich retten und aus dieser Misere befreien. Dennoch möchte er sie nicht allein lassen und empfindet Schuldgefühle, wenn er sie im Stich lässt.

8

Nadia erkannte auf Anhieb was mit Emily los ist und war für Fabian zu jederzeit eine Schulter zum Anlehnen. Mit der Zeit und den zunehmenden Schwierigkeiten wurde sie zu seiner engsten Verbündeten. Die beiden verbrachten immer mehr Zeit miteinander, unternahmen viel gemeinsam und kamen sich näher. Nadia ist eine umkomplizierte, geheimnisvolle, hübsche junge Frau, die ihr Herz an Fabian verloren hat. Doch Fabians Herz schlägt für Emily, auch wenn er Nadias Zärtlichkeiten genießt, und es liebt sie zu berühren und mit ihr zu schlafen, ist es doch Emily der sein Herz gehört.

Nadias Herz ist von Hoffnung erfüllt, so glaubt sie eines Tages das Herz von Fabian für sich zu gewinnen, wenn sie sich weiterhin bemüht und sich selbst für ihn aufgibt. Sie gibt und fordert nichts zurück. Seine Liebkosungen sind ihr Horizont, an den sie sich klammert. Dass er sie nur benutzt, um sich abzulenken und seine Bedürfnisse zu stillen, will sie nicht wahrhaben und verschließt sich vor dieser Wahrheit. So entsteht ein Kreislauf aus lauter Abhängigkeiten und psychischen Krisen, die als Liebe getarnt werden. Ihre Geduld ist ohne Grenzen und sie gibt ihm alle Zeit, die er braucht. So hält er sie hin, obwohl er im Grunde seines Herzens auch ihr nichts Böses will. Es ist nicht seine Absicht sie zu verletzen und kränken, doch genau das ist es was er tut.

Emilys Zustand wird täglich kritischer. Ihr Körper baut immer mehr ab und sie kann sich nicht mehr lange draußen aufhalten, ohne zusammenzubrechen. Nur mit Mühe schafft sie es sich aus dem Bett zu bewegen. Alles tut ihr weh und sie hasst ihren Körper immer mehr. Suizidale Gedanken kreisen in ihrem Kopf und wirre Stimmen ermutigen sie den letzten Schritt zu tun. Doch selbst dafür ist sie zu schwach. Ihrem Leben ein Ende zu setzen, erfordert Mut und Kraft, die sie nicht mehr hat. Sie vegetiert vor sich hin und wartet auf den Tod, der sie erlöst.

Ihre körperlichen Schmerzen und weitere Erkrankungen nehmen ihren Lauf, bis sie eines Tages zu Hause vollkommen zusammenbricht und in ein Krankenhaus eingeliefert wird. Die Ärzte bangen um ihr Leben und legen ihr eine Sonde an, um sie künstlich zu ernähren. Weitere Untersuchungen stehen an, um das Leben der jungen Frau zu retten. Doch ihr Zustand ist nach wie vor sehr kritisch.

Emily liegt in ihrem Krankenbett und wirkt wie ein hilfloses, Häufchen Elend. Ihre ausgefallenen Haare hinterlassen kahle Stellen an ihrem Kopf, die sie älter und zerbrechlicher aussehen lassen. Isabella betritt das Krankenzimmer und setzt sich ans Bett ihrer Tochter. Der Anblick ihres einzigen Kindes lösen schwere Tränen in ihr aus und sie fragt sich, weshalb sie nichts gemerkt hat. Wo war sie als Mutter, als ihre Tochter sie am meisten gebraucht hat. Zaghaft nimmt sie die Hand von Emily und hält sie fest. Während sie liebevolle Worte spricht und Emily von Geschichten aus ihrer Kindheit erzählt, tritt Fabian ins Zimmer und wartet an der Tür. „Komm ruhig her", fordert Isabella den jungen Mann auf. Fabian bedankt sich, verhält sich sonst eher schweigend und setzt sich an die andere Seite von Emilys Bett. Die Stille hängt schwer über den beiden und löst eine unangenehme Atmosphäre aus. Noch immer ist Emily nicht aufgewacht.

Der behandelnde Arzt blickt ins Zimmer und schaut nach dem Rechten. Isabella spricht ihn an und fragt den Mann, der schätzungsweise Mitte 50 ist, ob ihre Tochter wieder gesund wird. Sein Blick ist ernst und besorgniserregend. Wenn er spricht, zieht er seine Augenbrauen hoch, was ihn noch strenger erscheinen lässt. Isabella fühlt, wie Schuldzuweisungen im Raum stehen, auch wenn niemand es offen ausspricht.

„Ihre Tochter hat eine Osteoporose, das heißt Knochenschwund. Ihre Knochen sind sehr fragil, was zu permanenten Stürzen kommt und sie schwach werden lässt. Hinzukommen Nierenschäden, Herz – Kreislauf Störungen, die zu Ohnmachtsanfällen führen. Ihre Tochter ist dem Tod von der Schippe gesprungen, doch wenn sie ihre Magersucht nicht in den Griff bekommt, wird sie sterben". Isabella musste schwer schlucken, nachdem sie die ernsten Worte des Arztes gehört hatte.

9

Emilys Zustand hat sich stabilisiert. Die Ärzte haben einen Beschluss über eine geschlossene Unterbringung eingereicht, wo sie sich mit ihrer Essstörung auseinandersetzen muss. Sie hat es dieses Mal geschafft, über den Berg zu kommen. Doch solche Situationen werden noch häufig vorkommen, wenn sie ihre psychische Erkrankung nicht besiegt. Nach einer weiteren Woche Aufenthalt im Krankenhaus wird Emily in einem Sanatorium untergebracht, um ihre Anorexie zu behandeln und zu überwinden.

Die Fahrt ins abgelegene Sanatorium behagte Emily Bauchschmerzen und ein Gefühl von Hilflosigkeit. Dem Tod gerade einmal davon gekommen zu sein, wird ihr zum ersten Mal bewusst, wie schlimm es um sie gestanden hat. Ihre Gedanken kreisen um Fabian, was sie ihm zugemutet und angetan hat in der kurzen Zeit ihrer Beziehung. Die Emily, in die er sich verliebte existiert nicht mehr, oder vielmehr sie hat nie existiert. Sie war ein

Phantom, ihre wahre Persönlichkeit wurde von Ana unterdrückt und eximiniert. Nur noch zarte 32 Kilogramm blieben von ihr übrig.

Graue Wolken begleiten ihre Fahrt und die ersten Regentropfen rieseln langsam auf die Fensterschutzscheibe. Er hat etwas Beruhigendes, stellt Emily fest und würde sich am liebsten mit dem Wasser auflösen.

Ich bin kein Tropfen im Ozean, sondern der Ozean in einem Tropfen.

In ihren melancholischen Gedanken versunken, überkommt sie all der Stoff, den sie über das Univerusm gelernt hat. So viel Wissen über das Weltall und Inbegriffe wie Raum und Zeit erfüllten ihren Geist, doch sich selbst hat sie nie verstanden und erkundet. Wer und Was ist Emily eigentlich? Eine Frage, auf die sie bisher keine Antwort erhalten hat. Was nützt einem Menschen ein hohes Wissen über die Sterne, Planeten und Zeitreisen, wenn sie nicht einmal etwas über sich weiß? Weshalb bereitet man im System die Studenten nicht mehr auf das wirkliche Leben vor? Nicht einmal ihren Körper hat sie richtig kennengelernt, doch sie weiß viel über Zellen, verschiedene Tiere und Moleküle. Aber über sich weiß sie so gut wie nichts. Tränen fließen ihre Wangen entlang und suchen den Untergrund im Auto auf. All ihre Intelligenz, ihre Bildung hielten ihren Weg der Selbstzerstörung nicht auf. Wie intelligent ist sie wirklich?

In ein paar Minuten sind sie da und ein neuer Abschnitt in Emilys Leben beginnt. Ob Fabian noch an ihrer Seite sein wird und den Weg mit ihr gemeinsam bestreitet, weiß sie nicht. Macht es überhaupt Sinn? Ihre Bindung war von Beginn an toxischer Natur, wenn sie dieses Gift verliert, wird sie sicherlich nicht mehr so interessant für ihn sein, denkt sich Emily.

Das Sanatorium wirkt abgelegen, in einem kleinen Ort ungefähr 20 Kilometer von der nächstgelegenen Stadt entfernt. Das Gebäude sticht mit seinem alten Erscheinungsbild heraus und erschreckt Emily für einen Moment. Es hat etwas Gespenstisches an sich und löst schwere Energien aus. Mit einem mulmigen Gefühl betritt Emily das verlassene Haus. Die Inneneinrichtung ist modern und ähnelt in keiner Weise dem äußeren Bild des Gebäudes. Es wurde alles renoviert und neu ausgestattet. Emily fühlt sich nackt und hilflos ausgeliefert, obwohl sie von einer Krankenschwester herzlich empfangen wurde.

Ihr Zimmer teilt sie sich mit einem anderen Mädchen, namens Lisa. Lisa leidet ebenfalls unter Ana und ist bereits seit mehreren Monaten in der Klinik. Sie fixiert Emily mit einem stechenden Blick, den sie als eine Bedrohung aufnimmt. Schüchtern legt Emily ihre Sachen in einen kleinen Wandschrank und legt sich auf ihr Bett. Nur das Geräusch des Atems durchdringt den stillen Raum.

10

Fabian war hin und hergerissen. Hat seine Beziehung mit Emily noch eine Chance? Macht es Sinn auf sie zu warten und sein Leben hintenanzustellen? Oder ist es Zeit für ihn nach vorne zu blicken und einen Schnitt unter die Geschichte zu setzen? Hat sie ihn jemals geliebt oder war es nur eine Giftmischerei von Beginn an? Nachdenklich und schweigend spaziert er am Flussufer entlang wo er viele Male mit Emily spazieren ging. Seine Erinnerungen kreisen wie dunkle Wolken um ihn herum und verschleiern seine Sicht auf die Umgebung.

Langsame Schritte kommen auf ihn zu und holen ihn aus seiner Trance zurück. Die langen, braunen, lockigen Haare und die zierliche Gestalt kommen ihm sehr bekannt vor und ein sanftes Lächeln umgibt seinen Mund. Es ist Nadia. Sie begegnet ihm beim Spaziergang und spürt seine Hilflosigkeit und Verzweiflung. Zärtlich nimmt sie ihn in ihre Arme. Sie blicken sich tief in die Augen und für einen Moment empfindet Fabian eine tiefe Dankbarkeit, ihr in diesem Augenblick zu begegnen. Er küsst sie sanft auf ihre Lippen. Nadia schließt ihre Augen und gibt sich ihm hin. Sie öffnet ihre Lippen und sie küssen sich leidenschaftlich unter grauen Wolken, die langsam weiterziehen und den Sonnenstrahlen Raum geben, um zu scheinen und die Erdatmosphäre zu erwärmen.

Fabian ist sich sehr unsicher, wie es weitergehen soll. Er empfindet sanfte Zärtlichkeit für Nadia und fühlt sich in ihrer Nähe wohl und geborgen. Zur selben Zeit denkt er unaufhaltsam an Emily und wie sehr er sie immer noch liebt. Er weiß, dass er eines Tages eine Entscheidung treffen muss und es zerreißt ihn.

Emily macht in der Klinik große Fortschritte und setzt sich gezielt mit ihrer Erkrankung auseinander. Es ist ein langer, steiniger Weg.

Die Aufarbeitung ihrer Glaubenssätze und Traumata lösen schwere Tränen in ihr aus, bringen jedoch Heilung und Zuversicht. Mit der Zeit kommt sie sich selbst immer näher und erkennt ihr Potential. Ihr Physikstudium, welches sie gewählt hat, um das Universum zu verstehen und zu ergründen, hilft ihr nun sich selbst zu erkennen.

In jedem Moment des Lebens steuert der Geist die Materie. Der Gedanke ist immer zuerst. Jeder Gedanke, der mit einem Gefühl einhergeht, verändert Molekülverbindungen. Durch Gefühle entsteht ein Glaube, eine Gewissheit. Gefühle und Gedanken erschaffen Realität, indem man sich dessen sicher ist und keine Zweifel pflegt. Auf der anderen Seite beweist die Physik, dass Materie gleichzeitig zu einem verschwindend geringen Anteil tatsächlich aus fester Masse besteht und sich zwischen den Bausteinen der Materie unzähliger Leerräume befindet. Durch diese Erkenntnis ist ihre volle und feste Erscheinung zur gleichen Zeit illusionär. Einfach ausgedrückt will uns dies sagen, dass Materie eine verdichtete Form schwingender Energie ist und potenziell wieder in weniger verdichtete Energiestrukturen umgewandelt werden kann. Auf der anderen Seite können freie Energien theoretisch in feste Energiestrukturen geformt werden.

Was befindet sich denn in diesen Leerräumen, dem sogenannten Vakuum? Dieses Vakuum ist voll von Energie und Informationen. Eine Art Virtualität, Möglichkeiten, die darauf warten in die Realität beschaffen zu werden. Dieses Vakuum geht fließend in den Raum über, ins Universum.

Emily fragt sich, was sich in ihrem eigenen inneren Leerraum befindet. Ist es Liebe, Mitgefühl oder Wut? Was möchte sie in ihrem Leben manifestieren? Wie sieht es mit ihrer eigenen Schwingung aus? War sie doch eine lange Zeit in niedrigen Frequenzen und Dimensionen gefangen, aus denen sie sich nun emporheben möchte. Welche Glaubenssätze formen ihre Realitätserfahrung? Und was bedeutet Realität überhaupt?

Als Realität bezeichnet man das, was messbar ist. Es handelt sich um eine Energieübertragung die mit Kräften – und Zeitoperationen arbeitet. Wenn aus dem Bewusstseinsfeld des Universums eine Möglichkeit herausgesucht wurde, entsteht ein Teilchen (eine Quante) dadurch eine Kräfteübertragung.

Aufgrund dass der Mensch gewisse Abläufe benötigt, entsteht erst Zeit. Du kannst zum Beispiel nur ein TV - Sender und nicht 2 oder 3 gleichzeitig schauen. Da es im Kosmos keine Zeit gibt, bleibt alles erhalten und abgespeichert. Es findet alles gleichzeitg statt. Ebenso bleibt alles, was in der irdischen Welt gelöscht ist, im Universum erhalten. Auch die Gedanken, Gefühle und Taten. Sie sind nicht an ein Leben gebunden, sondern bleiben ewig vorhanden. Daher entsteht auch das universale Gesetz des Ausgleichs, unter anderem auch

Karma genannt. Der Mensch erschafft sich seine Realität, durch seine Gedanken, Gefühle, Wünsche und Taten selbst. Somit bleibt auch ihre Liebe zu Fabian ewig erhalten, auch wenn er sich in dieser Frequenz für eine andere Frau entscheidet.

Doch wer oder was schaltet aus dem Möglichen in die Kraft ein? Die Quantenphysik ist der Ansicht, dass es sich um eine Beobachtung, die mit einem Messvorgang verbunden ist. Etwas das mit Sinn und Bedeutung verbunden ist. Dafür bedarf es ein Bewusstsein.

11

Emily schreibt Fabian einen langen Brief aus dem Sanatorium, in dem sie sich seit drei Monaten befindet. Immer noch an sie denkend, ist er dennoch in seinen Gefühlen hin und hergerissen, als er ihren Brief in seinen Händen hält. Seine Emotionen fahren eine große Tour der Achterbahn und manchmal fühlt es sich an, als ob er gerade kopfunter fährt. Emily war seine erste große Liebe. Er versuchte sie ständig zu retten und von ihrer Erkrankung zu heilen, bis er selbst daran zugrunde ging. Er war innerlich leer und wusste sich irgndwann keinen Rat mehr, außer die Beziehung zu beenden. Ana war stärker als ihre Liebe zu ihm. Diese Erkenntnis schmerzte ihn besonders. Zweifelte er doch an ihren Gefühlen und Aufrichtigkeit. Lange Zeit dachte er, wenn er sich bemüht, sie zu retten wird sie ihm gehören und ihn dafür lieben. Klassisches Helfersyndrom was ebenfalls an einen Wert durch Leistungskonditionierung gebunden ist. Wenn auch unbewusst und unbeabsichtigt. Fabian erinnert sich gerne an ihre schönen Momente und ihr zartes Lächeln, welches zunehmend immer mehr im Schein der Traurigkeit versank. Am Ende ihrer Erkrankung, bevor sie ins Sanatorium eingeliefert wurde, klopfte bereits Gevatter Tod an ihrer Tür. Sie war nur noch Haut und Knochen und ihr Körper zerfiel. Doch wenn sie in den Spiegel starrte, erblickte sie sich selbst als eine übergewichtige Frau, die weiterhin abnehmen musste. Er dachte, in ihrer Beziehung wäre sie glücklich und würde Fortschritte machen, doch genau das Gegenteil war der Fall. Was sie ihm wohl geschrieben hat? Fabian ist hin un hergerissen und liest sich ihren Brief mehrere Male durch.

Lieber Fabian,

die Sonne scheint und ich kann inzwischen wieder das frische Gras und den Duft des Regens riechen. Was ich dir eigentlich sagen möchte, ich kann Dinge wieder bewusster wahrnehmen, ohne die ganze Zeit an das Essen und die Kalorien zu denken. Ich fühle mich besser und lerne Ana loszulassen und sie als zu sehen, was sie in Wahrheit ist. Ein gestörter Teil meiner Seele. Ich kann es dir nur schwer beschreiben, es fühlt sich an, als sei ein Teil meiner Seele abgeschnitten worden. Die Leere, die sich in mir offenbarte trieb mich beinahe in den Wahnsinn und verfolgt mich jetzt noch immer. Aber ich habe viele Hilfen hier, die sich gut um mich kümmern und mich ablenken.

Du kannst es dir wohl kaum vorstellen, aber ich habe 5 Kilogramm zugenommen und finde es in Ordnung. Noch vor wenigen Monaten, wäre das undenkbar gewesen. Gestern habe ich mir erlaubt Schokolade zu essen. Für einen kurzen Moment hatte ich ein schlechtes Gewissen, doch es flog vorbei wie ein Vogel, der seine Flügel ausbreitet. So sehe ich mich zurzeit. Wie ein Vogel, der wieder lernt zu fliegen. Oder ein Schmetterling, der aus dem Kokon der Raupe entflieht und seine Flügel ausdehnt. Ein wunderschöner Schmetterling, mit leuchtenden, bunten Farben. Wären sie damals komplett schwarz gewesen, so sind sie jetzt bunt. Ich fühle mich als wäre ich gestorben und wieder geboren worden. Weißt du was ich meine?

Ich habe nie wirklich, jemanden nah an mich herangelassen. Auch dich nicht, und es tut mir sehr leid. Ich weiß, dass ich dir sehr weh getan habe, und ich kann dich sehr gut verstehen, wenn du nichts mehr mit mir zu tun haben möchtest. Wirklich, ich bin dir auch nicht böse. Zu lange habe ich dich runtergezogen und dich Stück für Stück mit zerstört. Das möchte ich niemals wieder tun. Aber ich bin noch nicht ganz gesund und weiß auch nicht, wann ich jemals hier herauskomme. Ich möchte, dass du dein Leben lebst und glücklich bist.

Das Einzige, worum ich dich bitten möchte, dass du mich nicht vergisst. Und dass du eine schöne Erinnerung an mich hast und nicht an ein Mädchen, dass dich seelisch verdorben hat. Ich weiß, dass du mit einem anderen Mädchen geschlafen hast, und ich kann es dir nicht verdenken. Mit mir zusammen zu sein, war die Hölle für dich. Dennoch hast du dich immer wieder für mich entschieden und sie weggestoßen. Zumindest hast du sie nicht nah an dich herangelassen, weil ich immer in deinem Herzen und Kopf herumspukte. Für mich, die dich beleidigt, beschimpft und andauernd belogen hat.

Manchmal denke ich, dass du auch Hilfe brauchst. Weshalb fühlst du dich zu mir, einer Wahnsinnigen hingezogen? Irgendetwas muss in dir sein, dass dein Herz in Resonanz zu mir stand. Oder vielleicht war es gar nicht dein Herz, sondern dein Verlangen. Dein Unterbewusstsein, deine Konditionierungen. Ich weiß es nicht. Ist auch nicht wichtig. Ich möchte, dass du weißt, dass du frei bist und tun kannst was du möchtest. Ich bin dir nicht böse, ganz gleich was du tust. Vielleicht hast du mal Lust mich hier besuchen zu kommen, dann können wir über alles reden.

Ich denke an dich!

Bis bald Emily

Fabian las sich den Brief mehrere Male durch und wusste nicht, was er denken oder fühlen sollte. Tränen stiegen in seinen braunen Augen auf und lähmten ihn für einen kurzen Augenblick. Belastende Erinnerungen kehrten zurück und erfüllten sein Herz erneut mit Schmerz. Liebt er Emily noch? Möchte er sie sehen? Er ist hin und hergerissen zwischen Euphorie und Trübsinn. In seinen jungen Jahren fühlt er sich zum ersten Mal hilf - und ratlos. Es ist sehr viel passiert in den letzten Monaten. Nachdem Emily nach ihrem Zusammenbruch in das Sanatorium eingeliefert wurde, brach für Fabian eine Welt zusammen. Dann war Nadia an seiner Seite und heilte sein verletztes Herz. Nadia ist eine junge, hübsche

133

und durchaus intelligente Frau, jedoch nicht wie Emily. Er näherte sich ihr an und ließ sie in sein Leben eintreten. Sie verbrachten viel Zeit miteinander, gingen ins Kino, gemeinsam zum Klettern, und schliefen miteinander. Aber er konnte Emily nie vergessen und dachte oft an sie. Für Nadia war dies nicht leicht hinzunehmen. Dennoch gab sie ihm seine Zeit und blieb an seiner Seite. Sie war zätzlich und einfühlsam, liebevoll und sanftmütig. Emily hingegen impulsiv, manipulativ, instabil jedoch sehr geheimnisvoll und intelligent. Jeder normal denkende Mensch würde sich für Nadia entscheiden und das gemeinsame Glück genießen, doch Fabian fühlte sich Emily näher. Sie hatte dieses gewisse Etwas, wie viele es nennen. Ihm ist bewusst, dass er Nadia jederzeit verlassen würde, wenn Emily zu ihm zurückkehren würde. Auch mit der Gewissheit, dass die Beziehung mit Emily eine reinste Achterbahnfahrt ist und man nie weiß, wo und wie man landet. Es ist der Nervenkitzel oder vielleicht doch etwas anderes, was ihn zu ihr hinzieht?

Fabian ist sich bewusst, Nadia schwer zu verletzen und zu enttäuschen, wenn er Emily besucht. Aber er braucht Klarheit und entscheidet sich in den nächsten Tagen zu ihr ins Sanatorium zu fahren.

12

Einige Monate sind vergangen, seit Fabian und Emily sich wieder persönlich begegneten. Er besuchte sie im Sanatorium und verbrachte ein paar Nächte bei ihr. In dieser Zeit kamen sie sich wieder näher und schliefen auch miteinander. Die Magie ist immer noch zwischen ihnen und das unsichtbare Band, welches sie miteinander verbindet, ist stark und unzerstörbar. Dennoch hat sich etwas verändert. Emily hat sich verändert und auch Fabian. Er spürt, dass er nicht mehr zu Emily gehört und möchte seiner neuen Liebe eine Chance geben. Alles hat seinen Grund und es ist kein Zufall, dass er Emily begegnete und sich in sie verliebte. Es ist Zeit sich voneinander zu verabschieden und getrennte Wege einzuschlagen.

Sie machten einen langen Spaziergang und unterhielten sich über ihre gemeinsame Zeit. Ihre Sehnsüchte, Schmerzen, Verlangen und Freude. Es war ein wichtiges Kapitel in ihrem Leben, welches nun ein Ende findet. Nachdem Fabian sich von ihr verabschiedete, winkte Emily ihm mit Tränen nach. Sie ist nun keine Raupe mehr, sondern hat sich aus ihrem dunklen, gefährlichen Kokon befreit und wurde zu einem Schmetterling.

Die Zeit ist reif ein neues Kapitel in ihren Drehbüchern zu schreiben.

Ende

Teil 4

Der goldene Käfig

1

Die Altbauwohnung im 4 Stock in der Nähe von
Montparnasse in Paris, verfügt über knapp 100
Quadratmeter und ist mit einem Marmor Fußboden,
sowie einer Sonnenterrasse und Möbel aus echtem
Eichenholz ausgestattet. Die Küche strahlt im Hochglanz
und lädt zu gemeinsamen Kochabenden ein. Die 4
Zimmer verfügen über Geräumigkeit und laden zu einem
wohlfühlenden Aufenthalt ein. Dennoch fühlt Alexandra
Einsamkeit und Verlangen gleichzeitig in sich.
Aufgewachsen in einer wohlhabenden Familie ist ihr der
Reichtum vertraut und schenkt ihr ein Gefühl von
Sicherheit. Doch seit einiger Zeit fühlt sie sich verloren
in diesem Palast. Die Leere kriecht förmlich aus den
Wänden in ihr Herz und scheint sie zu ersticken. Das
Atmen fällt ihr schwer, als sie das Telefon klingeln hört.
Es ist Clemens, ihr Ehemann. Er bietet ihr finanzielle
Sicherheit und Luxus, doch ihr Herz bleibt kalt beim
Gedanken an ihn. Clemens ist wieder auf Geschäftsreise.
Seit 5 Jahren sind sie verheiratet und zeigen nach Außen
hin das perfekte Paar, doch in ihrem Inneren brodelt es
und die Schlinge zieht sich immer weiter zu.

Alexandra ist 29 Jahre alt und lebt mit ihrem Mann
Clemens gemeinsam in Paris Montparnasse. Clemens
arbeitet als Unternehmer und ist Besitzer mehrer
Unternehmen weltweit. Er führt sie zu verschiedenen
Gala Abenden aus, schenkt ihr den teuersten Schmuck
und finanziert ihr Leben. Sie strahlt an seiner Seite und
verkörpert seinen Status. Vor ein paar Jahren lernte sie
Clemens durch ihre Eltern kennen. Ihrer Mutter Louise
ist es immer wichtig gewesen, dass ihre Tochter einen

wohlhabenden Mann heiratet. Schon im frühen Jugendalter, als Alexandra ihren ersten Freund mit nach Hause brachte, war er ihrer Mutter ein Dorn im Auge. Er war höflich und freundlich, meinte es ernst mit Alexandra und bemühte sich einen guten Eindruck zu machen. Doch für Louisa reichte dies nicht aus. Seine Familie war ihr nicht wohlhabend genug, es waren normale Arbeiter, die für wenig Geld hart arbeiten mussten. Somit verbot Louisa ihrer Tochter sich weiterhin mit diesem Jungen zu treffen. Er war nicht gut genug für sie. Alexandra hat es ihrer Mutter nie verziehen, noch heute quält sie der Gedanke. Was wohl aus Elias wurde? In einsamen Stunden denkt sie oft an ihre Kindheit und Jugendzeit. Alexandra ist eine gebildete Frau, die sehr kreativ ist und gerne ihrer Fantasie Ausdruck verleihen möchte. Doch ihre dominante Mutter belächelte sie und bezeichnete ihre Wünsche als Flausen im Kopf. Ja, Alexandra hatte Flausen im Kopf, damals wie heute. Sie hat es aber nie geschafft sich aus den Fängen ihrer Mutter zu befreien. Selbst als gestandene Frau von fast 30 Jahren fühlt sie sich ihrer Mutter immer noch unterlegen und von ihr unterdrückt.

Alexandra hat sanfte Gesichtszüge und grüne Augen, die sie gerne mit Mascara zur Geltung bringt. Sie möchte gesehen und als eine eigenständige Frau wahrgenommen werden, stattdessen gilt sie nur als Frau von Clemens. Als habe sie selbst nichts zu bieten, als sei sie keine ernst zu nehmende Person. Ihre langen blonden Strähnen trägt sie meist offen und dazu teure Designerkleidung. Nach Außen hin zeigt sie sich reich und genüsslich, doch in ihrem Inneren ist sie arm und am Verhungern. Hungrig nach Nähe, Zärtlichkeit, Umarmung und Wärme. In einsamen Momenten denkt sie an Situationen aus ihrer Jugend. Als sie die ersten Male mit Freundinnen bummeln ging, brachte sie Kleidungsstücke nach Hause die ihre Mutter wegwarf. Schöne Jeans Hosen, sowie T – Shirts und Kleider. *Die Sachen sind billig, so etwas trägst du nicht. Was sollen denn die Menschen von dir denken? Mal ganz davon abgesehen wirft das ein schlechtes Licht auf mich. Dein Vater arbeitet nicht, um dich wie ein armes Ding aus einem sozialen Brennpunkt herum laufen zu sehen. Willst du, dass ich mich schämen muss?* Hört Alexandra ihre Mutter klagen. Alexandra hat sich angepasst und sich selbst immer mehr verloren. Sie hat Clemens nie geliebt, fand ihn nicht einmal attraktiv und hat ihn dennoch geheiratet. Auf Wunsch ihrer Mutter. Sie führt nicht ihr eigenes Leben, sondern die Wünsche und Bedürfnisse ihrer Mutter.

Diese innere Zerrissenheit birgt Selbstzweifel und Oberflächlichkeit mit sich, mit welcher sie die Außenwelt betritt. Immer mit einer Maskerade verziert, damit niemand in ihr Herz gucken kann. Damit niemand ihr wirklich nahekommen kann und sie aus dem Elfenturm befreit. Dabei ist es genau das, was sie sich am meisten wünscht.

2

Nach außen hin zeigt sich Alexandra von ihrer unnahbaren, aber stets perfekten Art. Das Make - up sitzt perfekt, die Kleidung vom Designer betont ihre schmale Figur und setzt ihre Kurven gezielt hervor. Ihre Haltung ist von Selbstsicherheit gekennzeichnet und lässt weitere Einblicke in ihr Wesen außenvor. Zu Hause verliert sie sich in der riesigen Wohnung, die ihre wachsende Leere nicht länger füllen kann. Ihre Seele schreit nach mehr. Mehr Schein als Sein beschreibt ihr dürftiges Dasein am treffendsten. Seit ihrer Kindheit kennt Alexandra nichts außer Luxus, Markenkleidung und viel Spielzeug. Als Kind badete sie in ihren Sachen und konnte sich vor Reizüberflutung nie entscheiden was sie möchte. Ebenso musste sie auch nie um etwas betteln oder kämpfen. Sie hat immer bekommen was sie wollte, solange sie sich anpasste und sich dem Gehorsam beugte. Ihre Seele wurde mit materiellen Gütern gefüttert, aber niemals mit Werten und Liebe. Ein sinnvolles Leben bedeutete ein reiches Leben zu führen. Dickes Bankkonto, luxuriöse Wohnung und schicke Kleidung. All das hat Alexandra in Fülle, doch glücklich ist sie nicht. Irgendetwas fehlt ihr und sie befasst sich mit ihren eigenen Vorstellungen was sie gerne machen möchte. Sie genoss eine gute Schulbildung und wünscht sich das College zu besuchen. Input aus intellektuellen Gütern klingt für sie reizvoll und bahnbrechend. Noch am selben langweiligen Nachmittag setzt sie sich an ihren Laptop und schreibt sich am College ein. Psychologie klingt interessant und könnte auch einigen ihrer tiefsten Fragen Antworten bescheren. Zum ersten Mal fühlt Alexandra etwas wie Stolz und Mut in sich. Ihr eigenes Leben zu leben und auf die Beine zustellen birgt stets einen Funken Selbstverwirklichung mit sich. „Was hat sie denn schon zu verlieren", fragt sie sich, als die Tür sich öffnet und Clemens nach Hause kommt.

„Wie war dein Tag", fragen die beiden sich gegenseitig, aus einer Höflichkeitsmanier heraus. Schon lange interessiert es Alexandra nicht mehr was Clemens macht und wie sein Tag aussieht. Um ehrlich zu sein, hat es sie noch nie wirklich gekümmert, wie es um den Beruf und das Leben ihres Mannes bestellt ist. Ihre Mutter hat die Ehe arrangiert, damit ihre Tochter nicht auf dem Abstellgleis landet. Niemand hat ihr zugetraut ihr Leben eigenständig zu managen und zu gestalten. Sie behüteten sie wie eine Puppe und haben eine Marionette aus ihr gemacht. Worin unterscheidet sie sich von ihren Puppen aus ihrer Kindheit? Sie ist genauso leblos wie das Spielzeug und wird auch als solches benutzt. Clemens fordert, dass sie für sie ein Abendessen herrichtet. Die Art und Weise wie er es fordert bringt sie zum Erbrechen. Mit seiner Arroganz und schroffen, dominanten Art dreht sich ihr Magen um und am liebsten würde sie ihn auf der Stelle verlassen. Auch er traut ihr nichts zu und glaubt sie manipulieren und beherrschen zu können. Doch der Ruf ihrer Seele ist stärker und wird immer lauter. In ihrem Inneren braut sich ein Orkan zusammen, der eines Tages ihr gesamtes Leben wegfegen wird. Alexandra geht ohne ein Wort in die Küche und bereitet ein Mahl vor. Währenddessen denkt sie die ganze Zeit an ihre Einschreibung an die Universität. Hoffentlich klappt es, betet sie zum Kosmos und bittet um himmlische

Unterstützung. Clemens hat sie kein Wort über ihre Pläne erzählt. Sie hat ihm nichts mehr zu sagen, schon von Beginn an traf er alle Entscheidungen, auch für sie. Dieses Mal wählt sie ihren eigenen Weg und selbst wenn es bedeutet, dass sie den Berg eine Zeit lang allein hinaufklettern muss. Die neue Herausforderung erfüllt sie mit einem Nervenkitzel und Reiz wie sie es nie gedacht hätte. Zum ersten Mal in ihrem Leben fühlt sie sich lebendig.

3

Einige Tage später erhält Alexandra eine Mail von der Universität mit der Information, dass sie angenommen wurde für den Studiengang Psychologie und freut sich wie ein kleines Kind. Wann hat sie sich das letzte Mal in ihrem Leben so gefreut? Sie weiß es nicht mehr. Überschwänglich von ihrer Motivation und Zuversicht ruft sie ihre Mutter an, um ihr die guten Nachrichten zu überbringen. Doch am Telefon scheint ihre Mutter Louisa nicht sehr überzeugt von der Idee ihrer Tochter zu sein. „Du sollst doch nur eine gute Ehefrau und Tochter sein, um das Geld und den Beruf kümmert sich bereits dein Mann. Ist es denn zu viel verlangt, wenigstens eine gute Partnerin zu sein? Musst du immer deinen Egoismus durchsetzen und andere Menschen vor den Kopf stoßen", hört sie Louisa klagen. „Ich wusste, du würdest es nicht verstehen. Und egoistisch? Ich bin egoistisch? Wer hat mir denn diese Last von Mann aufgebürdet? Aufgrund deines Materialismus muss ich ihn ertragen. Und du nennst mich egoistisch? Warum habe ich dich nur angerufen", flucht Alexandra am Telefon und legt auf. Mit ihrer Mutter war noch nie gut Kirschen essen. Ständig hat sie Alexandra als Kind kontrolliert. Jede einzelne Handlung und Verhaltensweisen wurden von der Mutter gesteuert. Wenn etwas nicht so ablief, wie Louisa sich es vorgestellt hat, wurde Alexandra verantwortlich gemacht und als verhaltensauffällig bezeichnet. Als Kind hat die junge angehende Studentin sehr unter ihrer Mutter gelitten. Noch heute ist es nicht anders. Mit einem schlechten Gefühl in der Magengrube zwingt sie sich dennoch zu einem Lächeln und versucht sich auf das Neue in ihrem Leben zu konzentrieren. Sie weiß, wenn sie ihren eigenen Weg geht, wird sie ihre Familie verlieren. Niemand von ihnen wird hinter ihr stehen und ihr den Rücken stärken. Diesen Weg wird sie allein gehen müssen, ganz gleich wie steinig und dunkel dieser auch sein mag.

Alexandra erledigt noch ihre Einkäufe und besorgt sich die Utensilien die sie für ihr neues Leben als Studentin benötigt. Auch wenn das Gespräch mit ihrer Mutter nicht wie gewünscht verlief, so lässt sie sich dennoch nicht die Freude an ihrem neuen Projekt nehmen. Während sie an der Kasse steht um ihre Stifte, Blöcke und Hefte zu bezahlen, klingelt ihr Handy. Es ist Clemens. Alexandra hebt nicht ab, sondern wartet bis sie das Geschäft verlassen hat und ruft ihn umgehend zurück. „Was gibt es, du hast mich angerufen", fragt sie ihn mit kühler Stimme. „Ja, weshalb bist du nicht rangegangen? Heute Abend werde ich Arbeitskollegen zu Hause haben, um gemeinsam zu dinieren. Ich bitte dich, etwas Leckeres zu kochen. Wir werden 5 Personen sein. Gib dir bitte mehr

Mühe als bei unserem letzten Abendessen. Ich möchte mich nicht vor meinen Kollegen blamieren. Hast du das verstanden", gab er kühl und streng zurück." „Klar, ich habe ja sonst nichts zu tun", gab sie trotzig zurück und legte auf. Ein Abendessen mit seinen Kollegen hat ihr gerade noch gefehlt. Alexandra verdreht die Augen und sucht erneut den Supermarkt auf, um Essen einzukaufen. Was könnte sie denn anbieten? Vielleicht eine Lasagne? „Wenn es ihm nicht passt, kann er doch in ein Restaurant gehen", denkt sie bei sich und fährt mit schlechter Laune nach Hause.

4

Das Essen ist fast fertig und die ersten Geschäftspartner von Clemens treffen ein. Darunter sind es 3 Männer und 2 Frauen. Am Tisch sprechen sie hauptsächlich über Aktien und Wirtschaft. Themen, die Alexandra nicht interessieren. Sie ist müde und langweilt sich am Tisch mit ihrem Ehegatten und seinen Männern. Umso erleichterter ist sie, als sie in die Küche zurück gehen kann, um das Essen zu holen. So hat sie wenigstens eine Aufgabe und ist beschäftigt. Während sie alle miteinander essen und die Stimmung feucht fröhlich erscheint, beginnt Clemens über die Pläne seiner Frau zu sprechen und teilt es dem gesamten Komitee mit. „Meine Frau möchte im Alter von fast 30 Jahren studieren gehen, anstatt sich um unser Familienleben zu kümmern. Einen Nachwuchs hat sie mir bis heute nicht geschenkt, stattdessen will sie Karriere machen. Ich frage mich, wer ihr diesen Schwachsinn ins Ohr gesetzt hat und wie sie auf die Idee kommt, dass ich dem zustimme"? Alexandra wurde bleich. Hat ihre verdammte Mutter etwa mit Clemens über ihr Gespräch am Telefon berichtet? Wie konnte sie nur? Sie weiß ganz genau, dass Clemens niemals zustimmen würde, dass sie studieren geht. Er möchte am liebsten ein Kind und sie hinter dem Herd wissen. Schließlich ist es die einzige Möglichkeit eine Frau zu kontrollieren und zu beherrschen. Eine abhängige Frau ist für einen unsicheren Mann durch aus interessant, eine eigenständige Frau wird gefährlich. Man muss keine Psychologie studiert haben, um so etwas zu wissen. Clemens ist unsicher, deshalb verhält er sich wie ein Tyrann. Am Verhalten eines Mannes der Frau gegenüber kann man den Charakter eines Mannes erkennen und analysieren. „Er will nicht, dass jemand ihm in die Karten gucken kann, doch seine Schwachstelle habe ich bereits entdeckt. Und diese wird ihm zum Verhängnis werden", denkt Alexandra, ohne es laut auszusprechen. Es wurde still am Tisch und die Gäste fühlten sich unwohl in ihrer Haut. Das konnte man an ihren Gesichtern und Händen sehen. Einer seiner Partner versuchte ein anderes Thema anzuschneiden, um die Stimmung nicht in diesem Zustand verharren zu lassen, doch wirklich gelang es ihm nicht. Es blieb eine angespannte Atmosphäre, die sich bis zum Ende hindurch zog.

Möglicherweise wurde Clemens bewusst, dass er seine Frau nicht dauerhaft an der engen Leine halten kann. Sie will mehr als nur die Frau von jemandem sein, sondern ein eigenständiger Mensch mit einer Persönlichkeit, die inspiriert. In diesem Zustand wird es nicht möglich sein, jemanden dauerhaft zu unterdrücken. Den Ruf der Seele kann niemand ignorieren, außer man geht zu Grunde.

5

Alexandra genießt ihr neu gewonnenes Selbstbewusstsein und ist stolz sich ihrem Mann, und vor allem ihrer Mutter gegenüber durchgesetzt zu haben. Es gibt ihr eine neue Stärke, die ihre weibliche Kraft in Gang setzt, mit der sie sich selbst verwirklichen kann. Jetzt geht es darum sich selbst treu zu sein und die eigenen Wünsche und Träume auszuleben. In 2 Monaten beginnt ihr Studium und ein neues Leben für die fast 30 Jährige.

Die Kluft zwischen ihr und Clemens breitet sich weiterhin aus. Eisige Stille, die sich in den Wänden der Luxuswohnung eingenistet hat, löst eine unbehagliche Atmosphäre aus. Alexandra zittert am ganzen Körper, sobald Clemens zu Hause ist. Wie ein Eindringling, der sie ihrer Selbst beraubt, fühlt sie sich wie eine Gefangene in einem Käfig. Ein Gefängnis ohne Gitter, ein Elfenbeinturm ohne Leiter, ein Körper ohne Seele. Leblos fühlt sie sich an der Seite ihres verhassten Gatten. Ihr Lächeln aufgesetzt und zynisch, ihre Erscheinung perfekt und unnahbar. Ein Leben zu leben, welches man nicht liebt. *Frauen ordnen sich dem Mann unter, sie haben nicht die gleichen Rechte und sind für die Familie und den Nachwuchs zuständig.* Diese alten gesellschaftlichen Strukturen scheinen in vielen Köpfen noch aktuell erscheinen, dabei sind sie veraltet und gehören der Vergangenheit an. Doch ihre Mutter und Ehemann sehen dies anders. Rollenverteilung und Hierarchie im gemeinsamen Zusammenleben sind unabdingbar. Für Alexandra sind es Ausflüchte eines unsicheren Mannes, der nicht akzeptieren kann, wenn Frauen sich entwickeln und unabhängig werden. Ihre Mutter ist ein hoffnungsloser Fall, sie lebt noch zu sehr in alten Zeiten und gibt ihre Konditionierungen weiter. *Lebte sie jemals glücklich? Gab sie sich mit ihrem Leben zufrieden und ordnete sich ihrem Vater unter? Lebte sie ein Leben, welches sie leben wollte?* Alexandra fühlt sich in ihrem Palast leer, trotz dem materiellen Reichtum ist ihre Seele verkümmert. Fülle ist eine Qualität, die sich zu jederzeit manifestiert. Doch die meisten Menschen setzen Fülle mit Quantität gleich und materiellen Gütern. Dabei bedeutet Fülle viel mehr verbunden zu sein mit der kosmischen Energie, die jedem Menschen zu jederzeit Erfüllungen schenkt. Auch die unbewussten Glaubensätze, die Zweifel sind Bestellungen die Vater Kosmos sendet. Die Auseinandersetzung mit Fülle und dem Unterschied materiellem Luxus, bewegt Alexandras Einstellung zum Leben. Clemens und Louisa würden niemals verstehen, was sie versucht zu sagen. Sie fühlt sich erfüllt, in dem sie die Universität besucht und einen Abschluss erreicht. Sie ist erfüllt, wenn sie Liebe und Nähe erfährt. Sie benötigt keine 100 Quadratmeter große Wohnung inmitten von Paris, oder eine Yacht, Millionen und Schmuck. Sie braucht Ziele und Ideale, die sie reich machen. Freunde, denen sie vertrauen kann und Kinder. Ja, sie sehnt sich nach Kindern und sie ist nicht feindlich Hausfrauen und Mütter gegenüber. Doch es ist nicht von Geburt an festgelegt, dass Frauen nur zum Muttersein da sind. Frauen haben so viel mehr zu geben und das Gleiche Recht wie ein Mann zu arbeiten und ihr eigenes Geld zu verdienen. Ebenso sollte auch Frauen die Bildung nicht verwehrt werden. Deshalb sind sie keine schlechten Mütter. Alexandra fühlt eine tiefe, innere Rebellion in sich aufsteigen, die sie zu einem anderen Menschen machen. Eine Kraft, die es ihr ermöglicht sich aus ihren Konditionierungen zu befreien und ein neues Ich zu ergründen. Ein Selbst, welches tief in ihrem Inneren schlummert und erweckt werden möchte. Sind nicht die glücklichen Frauen automatisch auch die besseren Mütter und vermitteln sie ihren Kindern nicht die Werte von Selbstbewusstsein und Vertrauen? Bedeutet es eine emanzipierte Frau zu sein, ein Kind nicht erziehen zu können? Die moralischen Vorstellungen die Menschen von der klassischen Frau haben, widern Alexandra an. Sind es nicht die Frauen, die ihren Partner selbst aussuchen, diejenigen die am tiefsten lieben und empfangen können? Machen nicht gerade diese Frauen das klassische Weibliche aus, welches der göttlichen Energie gleichgesetzt wird? Ist nicht eine glückliche Frau zugleich das Frauenbild, welches vom Schöpfer vorgesehen ist? Verliert sie tatsächlich ihre Weiblichen Eigenschaften, wenn sie sich in die Arbeitswelt begibt, so wie ihre Mutter es ihr vorwirft? Glaubt ihre Mutter tatsächlich, dass der Luxus und das Bankkonto sie glücklich machen und aus ihr eine liebende Mutter zaubern? Selbst wenn sie den Mann, mit dem sie das Bett teilt, hasst und verabscheut? Glaubt ihre Mutter tatsächlich, dass sie käuflich ist? Wie kann sie nur so abwertend über ihre eigene Tochter denken. Alexandra liebt es ihre Gedanken aufzuschreiben und führt seit sie

Jugendliche ist, ein Tagebuch. In diesem Büchlein sind alle ihre Träume und Wünsche festgehalten, die sie sich in der realen Welt manifestiert wünscht. So entdeckt sie sich selbst immer ein bisschen mehr und hofft eines Tages sich aus den unsichtbaren Ketten befreien zu können.

6

Alexandra verbringt mehrere Stunden damit in ihrem Tagebuch zu lesen und wird wie von einer unsichtbaren Kraft in die Materie des Buches hineingezogen. Sie versucht sich zu wehren, doch die Energie ist zu stark und bringt sie in eine andere Welt. Eine Welt, die sie selbst verfasst hat und sich nie getraut hat auszuleben. Wie Alice im Wunderland befindet sich nun Alexandra im Land ihrer Wünsche.

Das Studium läuft gut und die verschiedenen Elemente der Psychologie erinnern sie an ihre eigenen Wünsche, Verhaltensweisen und geben Erklärungen für ihre Konditionierung. Es wird ihr alles viel bewusster und sie spürt, wie die Stimme ihrer Mutter sie ermahnt, verhöhnt und tadelt. Sie wusste es selbst nicht besser und hat ihre eigenen Traumata an sie weitergegeben. Muster und Glaubenssätze, die über Generationen übertragen werden und in verschiedenen Inkarnationen aufrecht bleiben, bis der Mensch sich davon befreit. Äußere Umstände machen einen Menschen nicht glücklich, genauso wenig wie diese einen unglücklich machen. Es liegt in der Betrachtung des Einzelnen, ob jemand glücklich oder unglücklich ist. Materieller Reichtum kann keine innere Leere füllen, sondern lediglich den schönen Schein bewahren. Alexandra muss sich ihren eigenen Schatten stellen, um zu erfahren was es bedeutet glücklich zu sein, selbst wenn es für sie heißt, ihr bisher bekanntes Leben aufgeben zu müssen. Der Sprung ins Ungewisse. Nicht zu wissen, wo und wie du landest, sondern den Sprung an sich ist das Entscheidende. Ist sie bereit zu springen und ihr altes Leben hinter sich zu lassen? Ist sie so weit, ihre äußerliche Sicherheit aufzugeben für eine Zukunft, die nicht gewiss ist? Besitzt sie den Mut und das Vertrauen loszulassen und sich dem Leben hinzugeben und zu fallen? Das Aufgeben des Konsums, welches ihre einzige Erfüllung war. Ist sie bereit das Leben zu kosten und sich lebendig zu fühlen?

Die Menschen schließen andauernd Versicherungen ab, für ihr Leben, das Haus materielle Besitztümer usw. Doch das Leben ist niemals sicher, nur der Wandel ist das Einzige was sicher ist. Eine erkenntnisreiche Erfahrung für Alexandra, die in einem materialistischen Haushalt aufgewachsen ist, wo es stets um die Sicherheit geht. Ihre Eltern haben es auch nicht verstanden, selbst nach so vielen Jahren nicht. Wird sie jemals zu ihrem alten Leben zurückkehren können? „Nicht, wenn du einmal gesprungen bist," entgegnet der Dozent mit einem Lächeln. Die Sicherheit ist eine Illusion und hält die Menschen davon ab, auf ihr Herz zu hören und ihre Träume zu verwirklichen. Ein Mensch, der seine Freiheit für die Sicherheit aufgibt, wird beides am Ende verlieren. Das Einzige was zurückbleibt, ist ein Trümmerhaufen. Alexandra denkt lange über die Worte des Professors nach und ertappt sich bei der Wiedererkennung ihres eigenen Wesens. Auch sie selbst gehört zu den Menschen, die sich vor dem Sprung fürchten und das Vertrauen in das Leben nie kennen gelernt haben. Ihre Mutter würde sie auslachen, wenn sie ihre Gedanken lesen könnte. *Vertrauen ist auch nur ein Wort,* hört sie ihre Mutter im Stillen sagen. Vertrauen ist gut, Kontrolle ist besser würde Clemens erwidern und auf seinen Beruf zurückkommen, dass man im Leben Kontrolle übernehmen muss, damit man vorankommt. Ihr wird bewusst, dass sie in einer Welt voller Kontrollfreaks lebt und ein Ausbruch aus diesem goldenen Käfig kein Leichter sein wird.

Das Lächeln des Dozenten wird immer schwächer und plötzlich befindet sich Alexandra wieder beim Lesen ihres Tagebuchs. War sie gerade in einer anderen Welt verschwunden? Saß sie gerade in einem Klassenraum und hörte einem Dozenten zu, als er von Sicherheit sprach? Alexandra weiß nicht, was sie denken soll. Möglicherweise ist sie nur müde und sollte sich hinlegen. Nach wenigen Minuten fallen ihre Augen zu und sie fällt in einen tiefen Schlaf.

7

Was ist Traum und was ist Realität? Was passiert, wenn sich Traum und Realität verbinden oder vermischen? Ist der Traum nicht weniger real, nur weil man ihn in einer feinstofflichen Dimension wahrnimmt? Welche Bedeutung hat ihr Traum? Erfährt sie diese Realität, in dem sie weiterhin in ihr Tagebuch schreibt? Manifestiert sich ihr Wunsch als eine Kolumnistin zu arbeiten und die Liebe ihres Lebens zu finden? Ist es verwerflich sich den Träumen und Wunschdenken hinzugeben? In welche Realität wird sie wieder hineingezogen?

Am nächsten Morgen findet sie sich wieder in ihrem Palast und der beißenden Kälte wieder. Clemens hat bereits das Haus verlassen und ist mit seiner Arbeit beschäftigt.

Schnell zückt sie ihr Tagebuch unter ihrem Kopfkissen hervor und schreibt ihre Wünsche nieder. Es dauert nicht lange, bis sie erneut von einer unsichtbaren Kraft in eine andere Welt hineingezogen wird, in der sie sich selbst verwirklichen kann. So befindet sich Alexandra in einem Praktikum bei einem Verlag für ein Psychologie Magazin, wo sie als Beraterin Kolumnen schreibt. Plötzlich taucht ein junger, gutaussehender Mann vor ihrem Schreibtisch auf und gibt sich als ihr Teampartner zu verstehen. Er hat hinreißende, blaue Augen und einen Sinn für Humor, wie Alexandra es sich nur wünschen kann. Auf Anhieb verliebt sie sich in seine Augen und die längeren blonden Haare, die er zusammengebunden trägt, sowie seinen Dreitagebart, welcher ihn unglaublich attraktiv macht. Sein Lächeln ist hinreißend und verführt sie in ihre Träume, aus denen sie nicht mehr verschwinden will.

„Wir sind dazu aufgefordert gemeinsam einen Leserbrief zu beantworten, bei dem es um eine unglückliche Liebesbeziehung geht," erklärt er ihr und stellt sich ihr im selben Moment als Lars vor. Alexandra lächelt und spürt wie Tausend Schmetterlinge in ihrem Bauch tanzen und sie sich lebendig fühlen lässt.

Lars ist ebenfalls Psychologie und Soziologie Student. Genau wie Alexandra absolviert er ein Praktikum bei einem Verlag und ist nun aufgefordert gemeinsam mit Alexandra einen Leserbrief zu beantworten. Um ihre Aufgabe meistern zu können, verbringen die beiden einen gemeinsamen Nachmittag miteinander und verlieben sich, während des Lösens der Aufgabe ineinander.

Der Leserbrief

Ich habe ein Problem, über welches ich schreiben möchte und hoffe, dass ihr einen Rat für mich habt.

Ich bin in einen Mann verliebt, bei dem ich mir sicher bin, verletzt zu werden, wenn ich ihm meine Gefühle gestehen würde. Ich sehne mich nach ihm, habe zugleich auch Angst zurückgewiesen zu werden. Hinzu kommt, dass ich nicht weiß, wie meine Familie auf ihn reagieren wird, sie sind sehr konservativ und vorurteilsbehaftet.

Ich habe Angst mir die Finger an ihm zu verbrennen, denn er ist in einer Beziehung, wenn auch unglücklich, so wie er es schildert.

Ich kann mir selbst nicht helfen, aber ich spüre, dass es eine Verbindung zwischen uns gibt, aber wir leben in unterschiedlichen Welten und ich möchte mich selbst nicht verlieren.

Ich habe Angst, mich nicht mehr wieder zu finden und verloren zu sein, in der Unendlichkeit des Daseins.

Was würdet ihr mir empfehlen?

Herzlichen Dank

Alexandra spürte einen Hauch von Wirklichkeit in ihrem Herzen, als sie diese Zeilen las. Sie konnte diese Zerrissenheit spüren, ist sie doch selbst in einer ähnlichen Situation. Sie beginnt zu schreiben und lässt im Anschluss Lars ihre Zeilen lesen.

Liebe Leserin,

ich kann deine Bedenken sehr gut nachfühlen, denn mir ist es genauso ergangen. Manchmal müssen wir uns erst verlieren, damit wir uns selbst finden. Genauso wie die Raupe erst die Dunkelheit des Kokons erleben muss, um ein Schmetterling zu werden, so müssen wir durch den Schmerz gehen, um zu unserer Weiblichkeit zurückzufinden. Das Empfangende ist ein göttlicher, schöpferischer Aspekt in unserem Dasein. Es ist eine Kraft von immenser Schönheit und Hingabe.

Hingabe und Verletzlichkeit liegen nah beieinander. Vielen Menschen fällt es schwer, sich hinzugeben. Sie haben Angst verletzt zu werden. Damit bleibt ihnen eines der schönsten Gefühle verwehrt. Sich einem anderen Menschen hinzugeben und ihm seine Liebe zu gestehen, ist mit Mut und Stärke verbunden. Wenn wir uns einem anderen Menschen ausliefern, laufen wir immer Gefahr tief verletzt zu werden. Dennoch ist es eines der wunderbarsten Gefühle in zwischenmenschlichen Beziehungen, wenn nicht sogar das schönste Gefühl überhaupt.

In diesem Moment entsteht eine magische Verbindung zwischen den Liebenden, die weit über die sexuelle körperliche Erfahrung hinausgeht. Das Gefühl des Aufgefangenwerdens erfüllt die tiefsten Sehnsüchte nach Liebe, Geborgenheit und Glück.

Du läufst zwar Gefahr verletzt zu werden, vergiss aber nicht, welches großartige Gefühl dich auch erwarten kann. Wenn du dich aus Angst nicht traust, ihm deine Liebe zu gestehen, kann es passieren, dass du es dein Leben lang bereuen wirst. Und dieser Zustand ist viel schmerzhafter als eine Zurückweisung.

Habe Mut und höre auf dein Herz und nicht auf die Worte deiner Familie. Wenn sie dich lieben, wollen sie dich glücklich sehen und verstehen deine Entscheidung und Haltung.

Deine Alexandra

Alexandra gab Lars ihre Antwort zu lesen und blickte ihn mit sanften Augen an, die ihm ihre Liebe gestehen wollten. Er nahm sie in seine Arme und küsste sie. Zum ersten Mal fühlte Alexandra das schönste Gefühl, sich hingegeben zu haben und geborgen zu sein.

8

Nachdem Alexandra wieder in ihrer anderen Realität erwachte, traf sie ihre Entscheidung und trennte sich von Clemens. Sie packte ihre Sachen und verließ die Luxuswohnung in Paris Montparnasse und suchte sich ein Studentenzimmer. Ebenso brach sie den Kontakt zu ihrer Mutter erst einmal ab und widmete sich ihrem Studium. Sie träumte noch immer davon Lars zu begegnen und bewarb sich für ein Praktikum bei einem Verlag. All das was sie in ihrer Traumrealität erfahren hat, wird sich manifestieren. Voller Zuversicht blickt Alexandra ihrer Zukunft entgegen und fühlt zum ersten Mal eine Leichtigkeit und Freude in ihrem Dasein. Sie hat sich dem Leben hingegeben und spürt die Fülle in ihrem Herzen. Alles was zu ihr gehört, wird auch zu ihr kommen und alles was nicht zu ihr gehört, wird gehen. Das tiefe Vertrauen, was sie derzeit empfindet, lässt sie das Leben in vollen Zügen genießen. Sie hat den Duft der Freiheit gekostet und sich neu navigiert, durch Wert - durch - Sein Konditionierung und sich aus der Hölle des Materialismus befreit. Voller Freude und Hoffnung schließt sie die Tür hinter sich zu und blickt der strahlenden Sonne entgegen.

Ende

Zeitfracht Medien GmbH
Ferdinand-Jühlke-Straße 7
99095 Erfurt, Deutschland
produktsicherheit@kolibri360.de